99のなみだ・心

涙がこころを癒す短篇小説集

リンダブックス

目次

99のなみだ・心

デュオ

「あなたプロになる気ある？」

駅前でストリートライブを始めて三ヶ月目。ちょっとは期待していたが、こんなに早く声が掛かると思ってなかった。

いつも日が暮れるとこっそり家を抜け出す。一時間もかけてこの場所に来ている理由は、ここなら高校のやつらが来ないだろうという点が一つ。そしてもう一つは、昔ここでストリートライブをしていたフォークデュオが、スカウトされてプロになったという伝説があるからだ。今日もあちこちでライブが行われている。薄暗い駅の外れ、目深に帽子をかぶって歌う俺に、立ち止まってくれる人は、ほとんどいない。それでも俺はギターを抱え、歌を歌っていた。

ちょうどサザンオールスターズの『いとしのエリー』を演奏している時だった。通りかかった一人の女性が、俺の前で足を止めた。真剣な目つき。最後まで演奏を聴いてくれたその女性は俺に声を掛けてきた。「あなたプロになる気ある？」と。

……スカウトだ！　と俺は瞬時に思って、舞い上がった。

少し話をしましょ、と連れて行かれたのは、近くの小さな飲み屋だった。

俺に声を掛けたその女性は江里子と名乗った。飲み屋なんて来たことないから、少し戸惑ったけど、江里子さんは食べるものを何品かと、「いつものね」とお酒を頼んだ。どうやら馴染みの店らしい。俺は箸で適当におかずをつつきながら、様子を見た。いったいどこのレコード会社の人なんだろう。それとも養成所の勧誘とか？　そんな俺の期待と不安も知らず、江里子さんはちびちびとお酒をすする。店主らしきオッサンが料理を持ってくるたびに絡んでくる。

「江里ちゃん、そんな若い男連れてたら、シュージ君が妬くんじゃない？」

「大丈夫！　うちの旦那のほうが男前だからー」

早くも酔っ払っているのか、江里子さんは上機嫌だ。自分で喋った事にウケて、一人でケタケタと笑っている。自己紹介する俺に、江里子さんは大げさなリアクションで驚いた。

「智也君って高一？　どうりで若い匂いがすると思ったわ！」

江里子さんの年齢を聞いてびっくりした。見た目は二十代。実年齢は三十五歳だった。「童顔なのよねー」と江里子さんは自分のおでこをペシペシ叩く。江里子さんは俺の知ってる三十代とは全然違った。細くてちっこくて、身軽で、子供みたいに危なっかしい人だ。

「あ、そうだ。これ名刺代わりに」と江里子さんが鞄に手を突っ込み、ゴソゴソする。ついに本題に入るのかと俺は姿勢を正す。差し出されたチラシに思わず眉をしかめた。チラシには大きく『限定クーポン！　ワイシャツ　クリーニング百円引き』と書かれてある。店主のオッサンが「いいな、俺にもくれ」とチラシを催促している。

「うちのクリーニング屋、すぐそこだから。お母さんに宣伝しといて」

チラシを見つめる俺の目は、まさしく点だった。……この人、スカウトマンなんかじゃない。

「それでね、本題だけど……」と江里子さんはテーブルにグラスを置く。

「私がメインボーカルでいいかな？」

「……え？」

「やっぱり、そうよね。智也君もメインで歌いたいよね？　……でもね、ぶっちゃけ言わせてもらうけど、私の方が上手いよ、歌。だから智也君にはギターとコーラスやってもらってぇ」

「もしかして、俺と組んでやろう、って話ですか？」単刀直入に聞くと、江里子さんは、

「え、そうだけど？」他になにかある？　と言わんばかりに、きょとんとしている。

……ああ、馬鹿らしい。早く帰りたい。一気に冷めた。

しかし、ほろ酔いの江里子さんは、「私の歌唱力、見せてあげる」と了承もなしにケースから俺のギターを取り出し、ポロンポロンと弾き始めた。なんて自分本位な人なんだ。飲み屋の

常連客達は手を叩いて喜んでいたが、お世辞にも上手いとはいえない演奏と歌で、俺は呆れた。これでプロを目指そうと言うのか。そしてスカウトだと思って喜んでいた自分を恥じた。よく考えてみれば分かるじゃないか。こんな軽い女が、業界人であるはずがない。絶対に素人だ。こんな飲み屋でデビューの話……なんて、おかしいじゃないか。やられた。
そんな俺の気も知らず、江里子さんはひとりで歌を歌い続ける。オリジナルで作ったという
その曲は純粋な片思いソングだった。

♪逢いたい　どうして逢えないの——

いい年こいた大人が、何歌ってるんだ……まったく呆れる。

早く退散しよう。ギターを強引に奪い返し「明日学校があるんで」と俺は店を抜け出た。


「学校があるんで」と言ったものの、俺は学校には行っていない。

これでも中学では無遅刻無欠席。でも高校に上がってからは、まるっきり逆になった。入学してから学校に行く回数が徐々に減り、二学期になってからは一日も登校してない。担任はたまに様子を見に家に来るが、クラスメイトの顔はぶっちゃけ覚えてない。

オヤジは俺の顔を見ると、眉間にしわを寄せ、大声を出す。

「智也っ、まったく面倒かけやがって。バカなマネはやめてそろそろ学校に行け」

怒鳴り声を聞いていると頭が痛くなってくる。そんなとき、いつも間に入るのは母さんだ。

「まあまあ。今日はちょっと体調悪いみたいだし、仕方ないわよ」

最初母さんは、不登校の原因をいじめだと思って心配した。確かに、入学してすぐに入った軽音部は、どうも馴染めなくて先輩から目を付けられているような気がした。実際になにか、いじめにあった訳じゃないけど、なんだかクラブに行くのがおっくうになって、学校に行くのもおっくうになって、仮病で休むようになり、気がつくとしょっちゅう休むようになっていた。そして学校に行けなくなった。

言っちゃ悪いが、俺だって毎朝「今日こそ学校に行こう」って思っている。サボりたくてサボってるわけじゃない。制服に袖を通して、鞄に教科書を入れる時だってある。そう、俺はどちらかと言うと学校に行きたいんだ。

……でも、ちくしょう！　ダメなんだ。頑張って準備しても、玄関で靴ひもを締めると、急に気が滅入ってくる。頭痛、腹痛、ひどい時は吐き気もしてくる。なんでだか学校に行くのがすごく嫌になる。理由は分からない。……ちくしょう。うちの玄関は呪われてるのか？

学校には行きたい。でも行けない。……どうしてなのか、理由は自分でも分からないし、考え始めると、また頭痛がひどくなるから考えないようにしてる。母さんは「大丈夫、また気が向いたら行けばいいじゃない」といつも俺を励ましてくれる。それが逆に辛い。

不登校になってからは家に引きこもって、ギターばかり弾いていた。毎日毎日ギターを弾いていると、そりゃまあギターの腕は上がった。でも狭い家の中で、大声で歌うことはできない。ずっと室内にいるのもストレスが溜まるので、俺は勇気を出して外に出てみた。ただし、夜、日が暮れてから。帽子を目深にかぶって。夕飯の準備をする母さんにばれないようにこっそりと。オヤジが帰るまでには帰宅するように気を付けた。学校に行かず外出してるなんて、オヤジにバレたら恐ろしい。まあ、母さんは気付いてるのかも。でも、何も言ってこない。

今日は最悪だった。平日なのに、休日出勤の振り替えだとかでオヤジが家にいる。

「まったく、怠けやがって。将来ニートになっても面倒見ないからな」

うざい。頭痛がしてきた。今日は母さんが出掛けているので、オヤジの悪態がどんどん加速する。このままじゃ身体がもたない。明るいうちに外に出るのは抵抗があったが、オヤジと同じ屋根の下にいるよりマシだ。俺はギターを抱えて家を出た。

行く当てのない俺はとりあえず、いつもストリートライブをしている駅前まで来てみた。昼間はまるで雰囲気の違う駅前。歩いているのは年寄りと子連ればっか。日光の下で歌うのもなんだか気恥ずかしいし、俺はこの付近を少し歩くことにした。

五分ほど歩いて見つけた公園で、ギターを弾いて時間を潰した。誰もいない公園だったので静かで気持ちよかったのだが、それもつかの間だった。

「君、高校生じゃないのか?」

ギターの音色に釣られて、お巡りさんがやってきてしまった。……やば、補導される。焦ってギターをしまっていると「ちょっと一緒に来てもらえる?」と警官が俺の腕をぐっと掴んだ。

どうしよう、家に連絡されたりしたら最悪だ――。その時、俺の背後から声がした。

「ちょっ、ちょっと、待ってください!」

振り返ると、江里子さんがいた。こちらに向かって走ってきている。『よしだクリーニング』とロゴの入った黒いエプロンを着ている。「どういうご関係?」と聞かれて焦った江里子さんは、「フィアンセです!」と大声で言った。バカ、もうちょっとマシな嘘をついてくれよ。でもまあ、苦し紛れの嘘も方便。警官は疑いの目を向けつつも、俺を解放した。とりあえず、江里子さんのおかげで助かった。

「もうちょっと上手にさぼりなさいよね、焦っちゃったじゃないの」とプリプリ怒る江里子さん。学校に行ってないことに関して、何も言ってこなかったので気が楽だった。家業で継いだクリーニング屋というのが、公園のすぐ裏にあるらしい。店番をしてると、ギターの音がして、来てみたら俺がいて、しかも補導されててビビったそうだ。

「せっかくだから、お茶でも飲んでく?」と江里子さんは、自宅にしているクリーニング屋の二階に俺を上がらせた。部屋は必要最低限の物しかなく、なんだか寂しい印象だった。江里子さんはお茶の準備どころではなく、ところどころ脱ぎ捨ててある靴下やら服やらを拾っている。

あれ、江里子さんって一人暮らしだっけ。旦那さんがいたはずだ。二人で住むには狭い部屋だな……。そんな事を考えながら部屋を見渡していると、仏壇の前の写真に目が止まった。

「あ、それ、旦那のシュージ」若い男性が、写真の中ではにかんで笑っている。

「結構男前でしょ？　十年前に交通事故で死んじゃって。それからずっと一人よ。立ち直るのに何年もかかったわ」と言った江里子さんの笑顔は、ぎこちなかった。俺は何も言えなかった。

江里子さんは、押し入れから古いアコースティックギターを取り出してきて言った。

「このギターいいでしょ」

江里子さんが細い指で弦をはじくと、優しい音色が部屋に響いた。

「……『いとしのエリー』をね、よく歌ってくれてね。私、エリコだからこの曲は特別だって。あ、これノロケだから聞き流してね」

そう言って江里子さんは『いとしのエリー』を悲しく口ずさんだ。あの日、駅で俺に声を掛けた理由が、やっと分かった。

「上手いでしょ、ギター。独学だけど、結構練習したのよ」

と、江里子さんは一番お得意のナンバーを弾き始めた。飲み屋で歌っていたあの曲だ。オリジナルソング「あなたへ」。片思いの歌だと思っていたが、それは大きな勘違いだった。

この曲は、死んで遠くに行ってしまった大事な人にささげる歌だ。シュージさんへの想いが、この曲にすべて込められている。二人が出会った頃に行った場所、交わした言葉。江里子さんは、優しく微笑みながら、シュージさんとの思い出をひとつひとつ噛みしめるように歌った。

逢いたい、逢いたい、と大声で繰り返すサビは、聞いていてとても悲しかった。

——逢いたい、逢いたい、どうして逢えないの、どうしてここにいないの——

江里子さんはご近所に迷惑じゃないかと思うほど、声を張り上げた。全身を使って、叫ぶように、思いを伝えるように、精一杯歌う江里子さんの歌はやっぱり下手くそだった。でも圧倒された。すごく引きこまれて、俺は江里子さんから目が離せなかった。その場から動けなかった。

俺は江里子さんとデュオを組むことに決めた。理由は、単純に江里子さんの歌に感動したからだ。まあ、これは本人には恥ずかしくて言えないけど。

江里子さんは、メインボーカルを希望していたが、俺だって歌いたい。口論の末、江里子さんはしぶしぶ「じゃあ、曲によって変えるって事で」と了承した。江里子さんは最近始めたギターより、昔からやってるキーボードの方が得意らしく、ボーカル二名、ギター、キーボード、という不思議なデュオとなった。一人が歌っている時、もう一人はコーラスにまわった。

最初は有名なアーティストの曲を練習した。コピー曲を何曲かと、江里子さんのオリジナル曲「あなたへ」を二人で演奏出来るようになると、路上で発表してみようと、さっそく駅前に向かい準備をした。

二人でするライブは、信じられないくらいお客さんが集まった。腕はまだまだだったけど、楽器をスピーカーにつなぎ、マイクを使って歌ったのが、迫力があって良かったのかもしれない。それに江里子さんは曲紹介のＭＣが上手で、一曲聞き終わってもその場に居続けてくれるお客さんが多かった。気付くと二十人くらいの人が立ち止まって聞いてくれていた。

最後の曲はオリジナルソング「あなたへ」。江里子さんはたっぷりの気持ちをこめて、この曲を歌った。観客にも、その気持ちが伝わるんだろう。みんなじっと歌声に耳を傾けていた。中には目尻を拭う人もいた。

俺はギターを弾きながら、江里子さんをうらやましいと思った。

俺も自分のメッセージを発信したい。こんな風に思ったのは初めてだった。

「自分の思ってる事を、歌に乗せる、それだけねー」

打ち上げで、ほろ酔いになった江里子さんはそう言った。作詞と作曲についてもっと具体的な方法を聞きたかったのに、江里子さんはちゃんと答えてくれない。「好きな女の子の事でも書いたらどうだい？」と店主のオッサン。練習後に毎回訪れるこの店もだいぶ馴染んできた。

歌に乗せるメッセージというのは難しい。俺には江里子さんみたいに想う相手がいない。相変わらず学校にも行かず、のうのうと過ごしているので、いいアイデアも思い浮かばない。

「そのうち、歌いたい事が見つかるって。歌詞が出来たら私が曲付けてあげてもいいし」

江里子さんは枝豆を食べていた手を、お絞りで拭き、鞄をゴソゴソしはじめた。「それよりもさー、相談なんだけど」またクリーニングのチラシが出てくるのかと思ったが、今回は違った。

「ね、今度ライブハウスで歌ってみない？」

受け取ったビラには『ライブ出演者募集』と書いてあった。江里子さんの知り合いのライブハウスで、アコースティックライブがあるらしい。答えはもちろん、ＹＥＳだ。室内で演奏するのは初めての経験。本格的に動き出した感じもして、俺は柄になくワクワクした。

音楽療法って言葉があるけど、それはホントに効果があるものだと、最近つくづく思う。

実は、江里子さんとデュオを組んでから、すごく気分のいい日が続いている。ストリートライブも、毎回お客さんが集まって、達成感と充実感で終える日が多かった。

その日の朝はびっくりするほど、すがすがしい気分で〝今日なら学校に行けるかも〟と思った。この〝行けるかも〟と言うモチベーションが、いつもがレベル〝一〟なら、今日はレベル〝十〟くらいだ。自分で言うのもなんだけど、学校生活を始めるいいチャンスだと思い、急いで準備をした。

　靴ひもを結ぶ俺を、母さんが半分心配そうに、半分嬉しそうに見守っている。そんな痛い視線もあってか、なんとか呪われた玄関はクリアできた。

　しかし一歩外に出ると、朝の眩しい日差しが、俺の心を曇らす。いつものように通学する近所の学生たちの姿が見える。不安が積もってくる。クラスメイトに何か言われたらどうしよう、授業についていけるかな……。〝十〟あった気持ちが〝五〟くらいまで減った。

　庭先で立ち止まっている俺を見ていたんだろう。母さんが声を掛けた。

「駅まで送って行くよ」

「いいよ、小学生じゃないんだから」と断ったが、母さんは勝手に付いてきた。

　結局一緒に電車にまで乗り込んだ母さんは、学校の最寄りの駅まで付いてきた。「いってらっしゃい」改札で母さんが手を振っている。大声出さないでくれよ。恥ずかしいって。他人のふりして早足で歩いた。……でもまあ、母さんがいたから逃げ出さずに学校まで来れた。結果オーライとするか。

　何気ない感じを装いながら教室に入ると、クラスメイトが一斉に俺の方を見た。まあ、これは予想していた事だ。俺は無言で席に着く。なにかひそひそ話をしているやつもいたが、それも最初のうちだけだと思い我慢した。

気付いたら肩に力が入っていたので、リラックス、リラックスと自分に暗示を掛ける。ホームルームが始まるまで、俺は音楽の事を考えた。今度のライブの曲順はどうしよう、やっぱオリジナル作りたいな。音楽の事を考えてるとすごく気持ちが楽だった。

ホームルームが始まると、担任が俺を見てニコッと笑いかけた。母さんが学校に連絡したんだろうな、とうっすら思った。

朝の連絡事項の最後に、一人の女子が立ち上がって言った。

「今日放課後、文化祭の衣装班は、残ってください」

——文化祭。もうすぐ文化祭があるのか。知らなかった。うちのクラスは何やるんだろう。教室中が文化祭に向けて活気づいている気がした。カヤの外の俺には、居心地が悪かった。

こういうイベント事は結構好きな方で、中学の頃はクラスをまとめたりしていた。舞台発表、クラスごとの出店……中学の時から高校の文化祭には憧れがあった。でももうそれは、俺を抜きにして始まっている。準備は進められている。なんだか胸の辺りがグッと痛くなった。

一時間目の授業は英語だった。授業が始まると当たり前のように、テストの問題用紙が配られた。どうやらこの単語テストは毎回恒例のものらしい。二十問の問題、全部に目を通したが、答えられるものはひとつもなかった。教室全体に、ペンを走らせる音が響く。その音がすごく怖かった。見たこともない英単語を見ていると、頭がくらくらした。

もちろん、授業には全くついていくことが出来ない。理解できなくても授業はどんどん進む。周りの生徒達が必死にノートをとっている。俺は、ノートをまともにとることも出来なかった。先生がお決まりのようなギャグで生徒の笑いをとっていたが、そのギャグの意味も分からない。クラスからひとり、取り残された気分だった。

一時間目の授業が終わると、俺は荷物をまとめて静かに教室を出た。もうこの場にいる事が出来なかった。焦りと恐怖で俺の頭はいっぱいだった。

校門を出るとやっと緊張から解かれたが、その代わりに悔しい思いがこみあげてくる。

――ああ、やっぱり、やっぱりダメだった。俺は学校に居られなかった。一時間しかいられなかった。もう二度と学校には行けないかもしれない。そしたら留年かな。退学かな……。にじんだ涙がこぼれないように、ときどき空を見上げながら駅までの道を歩いた。

これでも中学は毎日通学してたんだ。友達もたくさんいたんだ。仲のいい先生もいたんだ。楽しい高校生活を夢見てたんだ。……なのに叶わなかった。ダメだった。俺は出来なかった。

駅に着いて、改札を通ろうとすると、

「智也？」

と声がした。改札の横にベンチがあって、座っていた母さんが、俺の方に駆け寄ってきた。

「一時間目は出られたの？　良かったわね」

……母さん、ずっと待ってたの？　いつ帰って来るかも分からないのに。

「よく頑張ったわね。ふふふ、せっかくだから何か食べて帰る？」

……母さん、優しい言葉なんて掛けないでよ……。俺、駄目だったんだよ。学校、行ったけど、やっぱり駄目だったんだよ。ごめん。期待に応えられなくて、ごめん。

歯を食いしばって耐えたのに、涙は落ちた。最悪だ。高校生にもなって、なに泣いてんだ、俺。みっともない。バカみたい。

母さんは俺をベンチに掛けさせて、背中をさすった。恥ずかしいからやめてくれ。涙が止まらなくなる。母さんは俺だけに聞こえる小さい声で、ゆっくり喋りだした。

「智也、大丈夫。高校なんて行かなくても、別に大丈夫なのよ。病気になって死ぬわけじゃないんだし。母さんは智也が健康でいてくれたらそれでいいしね。……それに高校なんかで将来は決まらないの。いつでもスタートできるから。……学校なんて行かなくても、あんたは、ちゃんと立派な大人になる。だから大丈夫」

こんなにみじめな息子なのに、こんなに出来の悪い息子なのに母さんは励ましてくれる。

ごめん母さん。ありがとう母さん。ごめん、と、ありがとうで、俺の頭はいっぱいだ。

俺はその後も学校に行けないまま、不登校が続いた。相変わらずオヤジはうるさいが、母さんは俺を守ってくれていた。

数日経って落ち着いた俺は、今の気持ちを歌に乗せたい、と強く思った。江里子さんが、亡くなった旦那さんを想うように、俺も母さんへの気持ちを表現したかった。

とりとめもなく書きつづった詩はどこか陳腐な気もしたが、思い切って江里子さんに見せてみた。江里子さんは、詩の書かれた紙をじっと見つめて何度かうなずくと「ちょっとギター貸して」と俺のギターをはじき、メロディーを口ずさんだ。

「やばい、音楽の神様が降りて来た」

江里子さんは即興で歌い始める。俺は慌てて携帯のボイスメモを使って録音した。こんなに簡単に曲が出来るものなのかと、感心しつつ耳を傾けた。

江里子さんはすごく優しいメロディーを口ずさんだ。俺が考えたありきたりな言葉が、すごく意味のある温かなメッセージに変わった。命が吹き込まれたって感じ。ほんとにすごい。

そしてあっという間に完成した曲を、俺は何度も練習した。メインボーカルは、もちろん俺。

自分の作った歌詞はどこか照れくさかったが、何回も練習するうちに慣れていった。

アコースティックライブが行われるライブハウスは、とても小さなスペースで、客席は三十席ほどだ。他にも出演者が何組かいて、俺達の出番は一番最初だった。江里子さんはクリーニング屋の馴染み客に宣伝していたようで、わざわざ来てくれたお客さんに挨拶をしていた。俺の事も紹介してくれたが、俺はこういう時、人見知りを発揮して上手く話せない。唯一の顔見知り、飲み屋の店主のオッサンには、少し気が和んだ。

ライブの開始時間が近付くにつれ、緊張が高まる。いつものストリートライブとは空気が全然違う。今日ここに集まったお客さんは、演奏を聴くためにわざわざ足を運んでくれたのだ。絶対に満足して帰って欲しい。今日来て良かったね、って言って欲しい。そんな心持ちで歌うのは初めてだった。

ステージ横の客席で、自分の出番を待っていると、江里子さんが「あ」と何かを見つけた。

「智也のお母さん、来たよ」

……え？　入口を見ると、確かに母さんがいる。慣れない手つきで、受付を済ませている。

な、なんで。呼んでないのに。ってか、知らせてもないのに。なんでライブの事知ってんの？　なんで来てんの？　びっくりして焦っていると、隣で江里子さんがにんまり笑った。

「気付いてなかったと思うけど、智也のお母さん、よく路上ライブに来てたんだよ。いつも遠くの方で見ててさ、変な人だなと思って一度声掛けたら『智也の母です』って挨拶されちゃって。だから今日のライブも知らせておいた」

江里子さん、余計な事しなくていいのに！　……困った。どうしよう。手が汗でぐっしょり濡れてきた。……俺、歌えるかな？　あの曲歌えるかな？　今日三番目に歌う事になっている。

「江里子さん、急だけどさ、曲変えちゃだめ？　俺、母さんの前であの曲歌えない」

そう頼むと、江里子さんは「はぁ？」と俺をにらんだ。

「何言ってんの？　あんたバカじゃないの？　あの曲は、お母さんへの曲なんでしょ？　智也からのメッセージなんでしょ？　歌って伝えなきゃ意味ないよ！　じゃなきゃ、ただの自己満足じゃない！」

それもそうだけど……恥ずかしい気持ちを捨てきれないまま時間となり、俺と江里子さんはステージに上がった。前から照らす照明の光が眩しい。客席と距離が近かったが、照明のおかげでお客さんの顔が見えなくて良かった。母さんもどこにいるのか見つけられなかった。

一曲目は『いとしのエリー』を歌う事になっている。メインボーカルは江里子さん。俺はコーラスにまわる。演奏が始まると、緊張はだいぶほぐれ、いつもの調子が戻ってきた。

二曲目は江里子さんのオリジナルソング『あなたへ』。ボーカルはもちろん江里子さん。

演奏の前に江里子さんは客席を見渡した。最後列に空席が一つある。江里子さんはその空席をじっと見つめたかと思うと、悲しそうに微笑んだ。あ、そこにシュージさんがいるのかなって俺は思った。

静かに曲が始まる。話し掛けるような歌い出し。江里子さんの声は、今日すごく綺麗だった。

――あなたに逢いたい……。江里子さんは、伝えようとしていた。自分の気持ちを。シュージさんに届かせようと必死だった。江里子さんの目には涙がにじんでいる。切なくて、苦しくて、一緒に演奏していても、熱いものがこみ上げてきた。

演奏を終えると、大きな拍手が会場に響いた。

次は……俺の番だ。江里子さんは俺の顔をじっと見て、軽くうなずいた。……俺も、俺もちゃんと伝えなくちゃ。母さんに。気持ちを。

ピアノの前奏に合わせてギターを弾く。そして歌が始まった。


歌いながら、俺は学校に行けなくなった頃を思い出した。不登校になった俺、でも母さんは家という居場所を俺に与えてくれた。やり場のない不安でいっぱいで、母さんにつらく当ったこともあった。それでも母さんは俺を励ましてくれた。家にずっと引きこもってた時も、こっそりとライブ活動を始めた時も、ずっと見守っててくれたんだ。味方でいてくれたんだ。温かい目で見ていてくれたんだ。――思い出す母さんの顔は、いつも優しい笑顔だ。

ずっと言いたかった感謝の言葉を俺は歌に乗せた。ありがとうの気持ちを叫んだ。

歌が終わると、ステージを照らす照明が少し暗くなって、客席の様子がうっすらと見えた。客席の隅の方に、母さんが座っている。手で顔をおおい隠してるけど、母さんだってすぐに分かった。みんなが拍手をする中、母さんはずっと下を向いて震えていた。

何だよ、泣かないでよ。俺の歌、ちゃんと聞いてくれた？　……で、気付いたら俺もぼろぼろ泣いていた。ステージの上なのに、恥ずかしい。でも涙が止まらない。

——母さん、母さん、本当にこんな出来の悪い息子でごめん。弱っちい男になってごめん。変わりたいんだ、変わりたい。母さん言ったよね、「いつでもスタートできるから」って。俺は今すぐにでもスタートしたいと思ってる。走り出して母さんを安心させたいと思ってる。自慢の息子になりたい。立派な大人になりたい。母さんの誇りになりたい。だから……お願い。ずっと見ていて。これからも見守ってて、母さん——

拍手が鳴り響く中、ステージで俺は、涙を拭って大きく頭を下げた。

顔をあげると、母さんは優しい笑顔で俺に拍手をくれていた。

タクシー・ドライバーの長い夜

「……お父ちゃん、会ってほしい人がいるんだ」

ボンヤリと居間でテレビを見ながら、おれは夕飯のやたらと辛いカレーを食べていた。番組は大げさな話ばっかりのニュース番組だった。

そこへ大学二年生になる娘の佳美《よしみ》がおれに話しかけてきたんだ。

「……ん、誰よ?」

「カレ……かな……」

「……あ?」

マジか……。

こういうとき、とっさに言葉が出てこない自分のアタマの悪さがいやになる。

少し頬を赤くして、視線を合わせようとしない佳美を、眼をぱちくりさせながら見つめていたら、テレビでアナウンサーが「大変なことですねぇ……」とため息混じりに言った。なんか、大変なことみたいな気がしてきた。

佳美はテレビを軽くにらみつけて立ちあがる。

「……考えておいて」と言い残して、パタパタとスリッパの音を立てていってしまった。

……そんなこと、言ったってよお。


午後六時三十分。

おれは玄関にかけてある紺色のブレザーをはおった。白い帽子をかぶって、手袋をはめる。

鏡を見て帽子の角度と、『白石鷹志《しらいしたかし》』とかかれた名札を慎重に直してから、笑顔を作って営業スマイルのチェック。

……よし。

靴を履《は》いて玄関を出ると深い紫色の空。オレンジの夕日がほんのり遠くに残っていた。

アパートの駐車場に停めてある、「個人タクシー」って書かれた車に乗り込むと、エンジンをかけてアイドリングをしながら備品を確かめる。

免許証に車検証、乗車記録とお釣りの小銭、眠気覚ましのガム……。

それから、少し目を閉じて、今日のルートをもう一度チェックだ。普段は、目を閉じて集中すると、走り慣れた東京の道が目に浮かぶ。けど、今日は佳美の照れくさそうにうつむいた顔が浮かんできやがる。

……会ってほしい人って言うくらいなんだからなあ。そういうことだよな。いきなり「娘さんを下さい」とかって言われちまうのか？　……いやそりゃ早いだろ……。

と、佳美の歳《とし》を数えて気がついた。いつのまにかアイツ、おれの結婚したときと同じ歳だ。

ふうっ、って大きなため息が漏れる。

……とにかく、今日の仕事が終わったら、だ。とにかくな。

おれは頭を振った。ハンドルを握ってアクセルを軽く踏み込むと、車はゆっくり動き出した。

佳美はおれが二十二歳、母親の恵理佳《えりか》が二十一歳のときに生まれた娘だ。

おれの家は、オヤジが小学生のころに逃げて、オフクロは働きっぱなしだった。叔母《おば》さんとか、遠い親せきの人とか、オフクロの友達とか、いろんな人のところに行ったり、世話になったりして育ってきた。

身体が小さくて、頭も悪いし、親もいないみたいなもんだったから、おれはよくバカにされた。負けん気だけは強くて、それが悔しくて悔しくて。でもどうしようもなかった。だから、ケンカが強いっていう先輩や、ヤンキーみたいな人たちにくっつくようにした。そうすれば、バカにされることはなかったからさ。

そういう連中の集団も、入ってみれば居心地はよかった。「ハイ」「ハイ」って素直に言うこと聞いとけば、案外先輩たちもやさしくって、いろいろ面倒をみてくれたし。それで、先輩たちと同じ高校に行ったんだ。家に金がないってことは知っていたから、高校を卒業してすぐにフリーターになった。でも、どのバイトも長続きしない。上のヤツとケンカしたり、飽きたりで辞めてばっかり。なんとなく、メシを食っていければいいや、なんて思っていたっけ。

ある日、コンビニの店長にねちねちイヤミを言われて、「やってられっか、クソヤロー!」なんてバイト先をとびだしてフラフラ歩いてたんだ。そしたら、高校の時の先輩のモモセさんが声かけてくれた。よく一緒に悪さして、しょっちゅう使いっ走《ぱし》りさせられた人だ。

「おう、タカシじゃねーか。あー? バイト辞めた? じゃーさ、ウチで働けよ」

場所は、池袋から電車で三十分ほどの街にあるいかがわしい通り。

モモセさんは、キャバクラのボーイをやっていた。おれも「じゃあ……」って即決。最初は呼び込みと、「タカシ、煙草!」みたいな使いっ走りだったけど、給料がよかったから、気にもしなかった。そこに入店してきた新人のホステスが、恵理佳だ。

恵理佳は背がちっちゃくて、黒目がちの大きな目、丸い顔で愛きょうのあるタイプ。肌を日焼けサロンでよく焼いてて、遠目で見るとなんかミッキーマウスみたい。

恵理佳とおれは最初から気があった。

聞けば、恵理佳も両親がいなくて、同じような育ち方をしていたんだ。

メシを食べに行ったり、遊びに行くようになって、おれたちはすぐに付き合いだした。もちろん、キャバクラじゃ店員とホステスの恋愛なんか禁止だから、モモセさんにも黙ってたけど。

チクチク肌に刺さるみたいな冷たい雨が降る、真冬の夜だった。

派手なネオンばっかり目立ってて、通る人もいないから、適当にサボって缶コーヒーをすすってたら、派手な真っ白のコートを着込んだ恵理佳が、様子見だってやってきた。

おれを見つけてから、「さっむーい」って恵理佳は笑った。

それから、しつこい客や、小うるさいマネージャーの話をしてたら、いきなり恵理佳がおれのジャンパーのそでをギュッと握りしめてきたんだ。

びっくりして顔をのぞき込んだら、少し目をうるませて恵理佳は言った。

「タカちゃん、できちゃったみたい……」

は……？　聞き返しそうになったけど、すぐに言葉を飲み込んだ。もう、ほとんど二人で暮らしているような状態だったし、いつそうなっても、おかしくはなかった。

でも、子どもとか、親になるとか、結婚とかそういうことは、おれのアタマの中にはぜんぜんなかった。だって、まだ高校を出てから三年くらいしかたってないんだぜ。金もないし、どうにか暮らしていくので精一杯だ。それに、家族とかそういうの、おれにはなかったから。

「……そっか。どうすんだ」

恵理佳の顔をまともに見られなくって、はーって白い息を手に吹きかけながらごまかした。

「アタシ、産みたいよ。タカちゃん、子ども産みたいよ」

恵理佳はおれを見上げた。ぽろぽろ涙流して、鼻水が出てて、目が赤くなってて……。それで、小さな手が真っ赤になるほど、強く強くおれのジャンパーを握りしめていた。

子どもなんて、面倒だし、金もかかるし、これからどうなっちまうかもわからないし……。でも、恵理佳の想いは胸にグッときた。だから、おれはうなずいた。

ただ、恵理佳の願いをかなえてやりたい、って。そう思ったんだ。

おれたちは、逃げるみたいにしてキャバクラを辞めて、二人きりで結婚した。今でいう「デキ婚」ってやつだ。それから、一年もしないうちに佳美が生まれた。

「ほら、パパよ」って、まだ真っ赤でもぞもぞ動いてるだけの赤ん坊を見せられたけど、正直なところピンとこねえって思った。ドラマみたいに「ああ、おれの子なんだ」なんて感動したりはしなかったな。それよりも、涙流して喜んでた恵理佳の姿が、おれにはうれしかった。

おれはアルバイトをメチャクチャやりまくった。恵理佳がもっともっと、お金が必要だから、って言ったからな。体力と根性だけは自信があったから、働きまくった。朝は駅前のチラシ配り、昼はファミリーレストラン、夜は工事現場って、そんな調子で。

恵理佳も慣れない子育てを一生懸命やっていた。おれよりもひどい夜型人間だったくせに、朝、佳美が泣けば飛び起きてミルクをあげた。バイトで慣れてたおれよりも料理ができなかったくせに、何冊も本を買ってきて離乳食をちまちまと作っていた。

おれはおれで家に帰るとすぐ寝ちまって、朝からはまたバイトに行って。恵理佳はほとんど一日じゅう家で佳美の面倒を見て、家事をして。気がつくと、一日、二日、一週間……ろくに口もきかない日が続いた。

それが、まずかったんだろうな。佳美が生まれてそろそろ一年になるころ、めずらしく難しい顔をした恵理佳が、朝飯のシシャモをつついてたおれの前に座って言ったんだ。

「……タカちゃん、ごめん。アタシ、好きな人ができちゃった」

はあ？　って。

ただなんにも考えられなくなって、おれの役立たずのアタマは固まっちまった。だから、逃げた。「今日は九時に帰ってくるから、後で話しようぜ」って、アパートを出たんだ。

それが、もっとまずかった。夜、いつもより疲れて帰ってきたら、布団で寝息を立ててる佳美と、机の上に「ごめん」って書き置きが残ってた。二十三歳になったばっかりのおれと、もう少しで一歳になる佳美が、二人っきりで置いてけぼりにされちまったんだ。

それから、恵理佳には会ってない。

今日は空模様が怪しい。夜は雨になるって、天気予報でも言っていた。こういう、夕方、夜からの雨っていうのは、売り上げが伸びる。タクシー・ドライバーにとってはラッキーだ。本格的に都心に出る前に、おれはいつものガソリンスタンドに車を入れた。

ここでガスを入れて、週に二、三度は軽く洗車をするのが、いつもの習慣だ。ガスを入れてもらってる間、トランクから雑巾《ぞうきん》とスプレーを取り出してまずはガラスを磨く。ちょっとでも油が残っていたり、水滴の汚れがついていたりすると、運転中、イライラするんだ。だから、フロントのガラスは念入りに磨くことにしている。

顔見知りの店員が「チワーッス。今日も手際いいっすね」と声をかけてきた。当たり前だ。長いこと、佳美の面倒を見ながら、家の掃除もやってきたんだからな。これくらい、なんてことはねえんだ。佳美と二人っきりにされてから、長い間。

恵理佳がいなくなってから、おれはキャバクラ時代の知り合いとか、近所の付き合いのある人とか、心当たりに片っぱしから電話した。深夜だったけど、そんなのかまってらんねえ。でも、恵理佳はどこへも行っていなかった。

椅子に座り込んだまま、長い間、おれは動けなくなっちまった。そしたら、佳美が目を覚まして、いきなり泣き始めた。

赤ん坊の泣き声っていうのは頭の中に響くんだ。声が大きいとか、甲高《かんだか》いとかそういうんじゃないけど、家の中のどこにいても聞こえる。正確には心に響く声っていう感じ。「放っておいたらやべえ」っていう気持ちにさせる声なんだ。

あわてて抱き上げて、揺らしたり、なだめたりしてみたんだけど、佳美は泣きやまない。腹が減ったのかもしれない。台所に置いてあったほ乳ビンに、粉ミルクをぶち込んで、適当にかき混ぜてやったら、すごい勢いで吸い付いた。

ミルクを飲ませて、少しだっこしてやったら、また佳美は眠ってしまった。

そのとき、やべえことになった、って初めて気がついたんだ。

だいたい、おれは子どもなんか欲しくなかった。惠理佳がどうしても、っていうから、惠理佳が喜んでくれるって思ったから。時間を見つけて、どこかそういう施設なり、孤児院みたいなところに預けるしかない。おれにこんな赤ん坊を育てるなんて、ムリだろ。

次の日、佳美をおんぶしたまま、高校時代に面倒をみてもらったオフクロの遠い親せきの、セキグチさんっていう人に電話した。困ったことがあると、相談に乗ってもらってたから。

セキグチさんのオクさんが赤ん坊の世話に詳しくて、食事のこととか、寝付かせ方とか、オムツとか、あやし方とか、病気とか、いろいろ教えてくれた。それに、おれが働くのなら、子どもを預けられるベビーシッターだとか保育園だとかのことも。

すぐに施設に連れて行くっていうのも難しそうだったから、当面、恵理佳が残していった道具をいろいろ引っ張り出して、説明書とか広げながら世話をすることになった。

オムツを裏表逆にくっつけてオシッコが漏《も》れまくったり、粉ミルクの分量を間違えてドロドロの濃いヤツを飲ませて吐かれたり、風呂でスベッて佳美をかばったら足を強打して青あざ作ったり、疲れて寝ちまって気がついたら佳美がとなりで大泣きしてたり……。

赤ん坊っていうのは、五分も放っておけないんだぜ。寂しがってすぐに泣いちまうし、手当たり次第にものを引っ張ったり、動いて椅子から転げ落ちそうになったり、なんでもしゃぶろうとするから危ねえし。

背中におんぶして、買い物に行ったり、ベビーカーに乗せて近所に用足しに行くくらいで、外に出ることもできなくなっちまった。タバコも吸えねえし、イライラはサイコーにたまる。

それでも、世話ってのはやっていれば、それなりに慣れてきたり、放っておけなくなるもんだ。なんとなくその気になってきて、本とかも調べた。『赤ちゃんが喜ぶ保育』とか『乳児と発育の食事』とかな。いろいろ、接客のバイトとか、飲食系の仕事をやってたのが役に立った。

いつの間にか、おれは佳美の世話をこなせるようになってた。それなりに、だけどさ。

佳美もおれを見て、笑顔を見せるようになってきた。とくに、唇をふるわせて「ぶぶぶぶ」

って音を立ててやるのが大好き。最初はおれが遊びでやってやったら、佳美もマネするようになった。

二人で「ぶぶぶ」ってやって、笑いあう。だって、信じられねえよ。それまでいろんなバイトで「無愛想」だとか、「接客業の基本は笑顔だ。それができないんだったらクビだ」なんて言われてたおれが、「ぶぶぶ」とかって。なんなんだって……。

でも、そんなに簡単なもんでもない。ゆっくり慣れていこう、なんて言っていられるほど、おれには余裕がなかった。

夜、佳美をおんぶしてコンビニに行って、いろんな支払いをした。電気とガスと電話と水道、それに家賃……。財布のなかを見てみたら、残りは千円札が何枚か。あとは小銭。バイトも休みっぱなしで、このままじゃ、全部クビだ。来月からどうやって暮らせばいいんだ?

赤ん坊を背負ってバイトになんか行けねえよ。今すぐ、預かってくれる人なんかいないし、第一そんな金もない。恵理佳も飛び出したままで連絡も取れない。

家に帰ってきて、玄関に座って靴を脱いだら、がっくり力が抜けちまった。ぼんやりしてたら、佳美が起き出して、いきなり泣き始めた。

くそっ、泣きてえのはこっちだっつーの。

「うるせえよっ!」

おれは初めて、佳美を怒鳴《どな》りつけた。一瞬、佳美は身体を硬くしたけど、すぐにもっとでっかい声で泣き始めた。

もうムリだ。佳美さえ、こんな赤ん坊さえいなかったら……。

その夜、おれは本気でそう思った。


小雨がパラパラと、運転のジャマをするみたいに降っている。

おれは明治通りを直進して、渋谷の方へ向かっていた。

夜九時半。車通りは多くない。走っているのはタクシーが五割、ダンプとか貨物車が三割、残りが普通の乗用車。おれは車を左側の車線に寄せて、少しスピードを落とす。歩道で手をあげる人がいたら、すぐに止まれるように。

交差点にさしかかったところで、少し早めにブレーキを踏む。すると、遠くから救急車のサイレンが聞こえた。後ろから近づいてきている。左の路肩に寄せて、救急車が通れるように道をあけた。しばらくして赤いランプとサイレンを響かせながら救急車がおれの車を追い抜いていった。サイレンの音が低く、遠ざかっていく。

夜の救急車っていうのは、ドキッとする。

佳美が病気になったときのことを、思い出させるから。

恵理佳がいなくなってから、一週間が過ぎたころだった。佳美がいきなり熱をだしたんだ。昼過ぎから、変な咳《せき》をするな、って思っていたら、夜になってからグズりだした。頭を触ったら、すげえ熱い。戸棚をひっくり返して見つけた体温計を、脇にさしてはかると四十度近い。ほわほわ綿毛みたいな髪の毛が、汗でぐっしょり濡れて張り付いてる。苦しそうにうーうーってうめいていて、ミルクも手で払いのけてしまう。息づかいも荒い。

アタマの中から血の気がざーって引いていくのがわかった。

……やべえよ。死んじゃうよ。佳美、死んじゃうよ。

熱がでたら、どうするんだっけか？　おれは無いアタマを必死で引っかき回した。たしか、暖かくして、アタマと脇に冷たいタオルを当てて、それで水分をいっぱい取らせて……。

大急ぎで準備をして、すぐにタオルを額に当ててやったけど、佳美の様子はかわらない。辛《つら》そうで見てらんねえよ。どうすりゃいいんだ。

そのとき、佳美が「ぶぶぶ」って弱々しく唇をふるわせて見せたんだ。ぼんやりとした瞳で、まじまじとおれの顔を見つめながら。

……なんだよ。なんなんだよ。

こんなに苦しそうなのに、どうしておまえ、笑おうとするんだよ。

目を開けるのもつらそうなのに、どうしておまえ、甘えてくれるんだよ。

何にもできないおれなのに、どうしておまえ、そんなに頼ってくれるんだよ。

おれは、おまえがじゃまだって思ってたのに……。

気がつくと、おれは佳美の熱い、小さな身体をぎゅっと抱きしめてた。

……こいつを絶対に助ける。助けるんだ！

佳美を抱きしめたまま、「一一九番」をダイヤルして、救急車を呼んでくれ、って怒鳴った。けど、受付に出てくれた係の人が、冷静に佳美の状態を聞いてから、近くにある救急病院の窓口に行った方が早い、って教えてくれた。救急病院に着いて窓口の人に「早くしてくれ！」って言ったら、落ち着いてくれってなだめられた。

結局、ただの風邪だって診断された。解熱剤と風邪薬をもらって家に帰って、スポイトをつかって口に流し込んでやったら、佳美は少し落ち着いたみたいだった。だっこしながら背中をなでていたら、おれの胸にしがみついたまま眠ってしまった。

佳美の温もりが、じんわりと胸のところに伝わってくる。

そのときからだ。

そのときから、おれはこいつのことを、絶対に幸せにしてやりたいって思ったんだ。

チンピラみたいなどうしようもないおれが、父親になったのは、たぶんそのときからだ。

佳美の病気が落ち着いてから、高校のときの先輩に頼み込んでタクシーの運転手になった。

学歴とか、これまでの仕事とか関係なかったし、車は大好きで、高校を卒業してすぐに免許も取ってたしな。働きながら二種免許も取れるって話だった。それに、まだ景気が悪くなかったころで、けっこうな稼ぎになるって聞いてたから、おれにはもってこいだ。

夜のシフトに入れば、昼は佳美と一緒にいられる。夜は、ベビーシッターってやつをお願いすることにしておけば、どうにかなりそうだった。

何年かタクシー会社で働いて試験を受けたりして資格を取ってから、個人タクシーを始めた。

それから、ずっとこの仕事を続けている。


渋谷のスクランブル交差点を通り過ぎた。

道玄坂の方へハンドルを切る。ここはいつ通っても変わらない。大勢の若いヤツらが信号待ちをしてる。ビルの上のでかい広告と、朝も昼も夜もない明かり。いつ通っても、同じだ。

乗客は二人の若い女だった。スーツを着て、こんな時間なのにメイクにも隙《すき》がない。たぶん、どっかのOLかなんかだろう。会社帰りに少し飲んで、これから家に帰ろう、っていう感じだ。

「ねーねー、聞いてよ、うちの課長って、マジでウザイんだから……」

うるさい。十分前に乗車してから、ずーっとグチと悪口を交互に言い合っている。乗客の事情なんてさ、どうでもいいけどよ、あんまり気持ちのいいもんじゃねえよな。こういう悪口ばっかり言ってるヤツに、きっと佳美だったら、胸のすくようなことをビシっと言ってやるんだろうな。

ちらっとバックミラーをのぞいた。話に夢中になっているＯＬたちが、佳美にビシッと言われて、ぎょっとした顔をするのを想像したら、ちょっと頬がゆるんだ。

佳美は元気に育った。おれに似て気が強いところがあって、しょっちゅうケンカしたり、傷をつくって帰ってくることがあったけど。

「これ以上、いられても困るから」って高校を卒業したおれや、「鷹志」っておれの名前の漢字を最後まで書けなかった恵理佳の娘なのに、佳美はアタマがよかった。勉強もできた。だから、小学校の高学年くらいになると、口げんかをしてもおれの方が言い負かされたもんだ。

そんな佳美の担任から、電話がかかってきたことがあった。小学校四年生のころだった。

「佳美ちゃんが、学校で女の子三人を泣かせてしまいまして……」

若い男の担任が、おどおどした声でそう告げた。でも、詳しく話を聞いてみたら、どうやら佳美は「お母さんがいない子」「お母さんに捨てられた子」って、からかわれたらしいんだ。

おれがガキだったころにも、そういういじめはあった。一番触れてほしくないことだし、本人にはどうしようもないことだから言い返す言葉もないんだ。気が弱いヤツなんかだと、それだけで泣き出しちまう。けど、佳美は違った。そこから、猛反撃にでたんだ。

「わたしには昼間もいてくれて、何でもやってくれるお父ちゃんがいるもん」

「だいたい、アンタなんか、運動もお母さんのいないわたしに勝てないくせに」

「前の授業参観日、お母さんが来ないって、ベソかいてたでしょ」

「お母さんがいないってバカにするのは、サベツっていうんだ。わたし知ってるもん。そういうことやってると、ケーサツに捕まるんだよ」

そんな調子で徹底的に言い負かして、しまいには相手の女の子たちが泣き出したらしい。

受話器をにぎったまま、おれは内心で「よっしゃっ！」って叫んでたよ。まあ、口先では「あー、すんません」なんて言っておいたけどな。

電話を切ったとき、佳美は風呂に入ってた。ずいぶんと長い間。

うちは安アパートでちゃちな壁だから、ちょろちょろ水を流しっぱなしにしている音が台所まで聞こえてきていた。蛇口が開けっぱなしみたいだ。「水がもったいねーよ」って佳美に注意しようと風呂場に向かったんだ。そしたら、水がこぼれる音の中から「すすっ」って、すすり上げる声が聞こえた。鼻をすする声がさ……。

そんなの聞いてたら、おれまで泣きそうになった。

佳美は悔しかったんだ。精一杯言い返したけど、悔しくってしかたなかったんだ。

風呂から上がってきた佳美は、なんかすっきりした顔をしてた。おれは、何にも言わずに佳美の濡れた頭をなでてやった。そしたら、佳美のやつ、黙ってちょっと寂しそうな、照れくさそうな笑顔を見せたっけ。佳美は、おれの娘は、そういうやつだ。


おしゃべりなＯＬを三軒茶屋あたりでおろして、おれはまた都心の方へ車を向けた。


タクシーを駐車場に停めて、キーをロックして、手袋を脱ぐと大きなため息が出た。

ふう、って見上げたら、もう空は白んでいて小鳥たちが騒がしく鳴いてる。

アパートの階段を上って、静かに部屋に入る。ジャケットと帽子を壁掛けにかけて、ネクタイを緩め、台所で水を一杯。食卓には「お疲れ様」って、佳美のメモ。

廊下の方から、寝息が聞こえる。佳美の部屋の扉は半分開けけっ放しになっていた。おれは佳美の部屋をそっとのぞき込む。すー、すーって安らかな息づかいが、気持ちいいリズムで聞こえる。目を閉じた佳美の顔が、赤ん坊のころにそっくりで、なんか胸に熱いものがこみあげてきた。

おれは、幸せだ。さんざん苦労もした。金もなくって、佳美にもっといろいろ買ってやりたかったけどできなかった。恵理佳も逃げちまった。勉強もしなかったし、もっとまじめにやってればって思うことはいっぱいあった。

でも、おれは幸せだ。こんな寝顔が見られるなら、おれはなんだってやる。

佳美は大切なおれの娘だ。幸せにしてやらなきゃいけないんだ。

だから……。

寂しいけどよ。カレとかってやつと仲良くするのもシャクだけどよ。いつか出てっちまうのもイヤだけどよ。どこのヤロウかもわからねえやつとの結婚なんてありえねえけどよ。

でも、佳美はきっと幸せになる。おれみたいに苦労をするかもしれないけど。

だからやっぱり、おれは、認めてやらなきゃいけないんだ。

いつのまにか、膝に乗せた両こぶしに、ぽたぽた涙がこぼれてた。そんなかっこのまま、おれはじっとしていた。それから、泣き寝入りみたいなかんじで、眠ってしまった。


「お父ちゃん、起きてよ。もう一時だよ。私も出かけちゃうよ！」

昼過ぎ、佳美が台所からおれに声をかけてくれた。

昨日のことなんて、なんでもなかったみたいな様子で調子がくるう。

「おう」

ぼんやりと返事をして、食卓につく。おれの大好きな、塩鮭と味噌汁、お新香と白い飯だ。

いただきます、と口の中でつぶやいて箸《はし》をとると、佳美が前に座った。

「お父ちゃん、昨日のこと……」

「お……おう」

めいっぱい動揺してたけど、あんまりみっともないカッコなんて見せたくねえ。

胸を張って、昨日の夜に決めたことを言ってやらなきゃ。

「……会うよ。今度つれて来いよ」

「うん」

「で、もしな、おまえが結婚したいっていうなら、それがおまえが決めたことなら、いいよ。

おれは認める。おれも同じ年のころに結婚したんだし……」

「ちょっとちょっとお父ちゃん、気が早いって」

と、両手と顔を勢いよく振りながら、佳美が目をでっかく見開いている。

「あ？」

「カレさ、きちんと挨拶しておきたいって言ってるだけだよ。ちゃんとお付き合いしてますよって。お父ちゃんに少しでも安心してほしいからって、気を遣ってくれてるんだよ」

「はぁ？」

「だから、わたし、まだ結婚なんかしないよ」

「だって、おまえ……」

コツン、と音を立てて箸が食卓に転がった。くすくすと、佳美が笑っている。

……バカか、おれは。

椅子の上からずり落ちそうになった。

「ったくよ。そんなこと言って、行きそびれんじゃねーぞ」

「あ、ひっどーい」

佳美が頬をふくらませてみせて、二人で笑い合った。

ひとしきり笑ったあとで、「もう、授業に遅れちゃうじゃん」とつぶやきながら、佳美は食卓の片付けを始めた。おれに背を向けて食器を台所へと運んでいく。

突然、台所からイタズラそうな表情の佳美が顔を出した。

「……学校から帰ったら、カレー作るね。すっごい辛いやつ」

うなずいてみせると、佳美は「行ってきます」って声を残して出て行った。

昨日もカレーだったよな。つい苦笑が漏れる。きっと、また夕方にはカレーの香りが部屋じゅうに漂うんだろう。おれの好物の辛いカレー。ほんとうは佳美が苦手なはずの辛いカレー。

舌がしびれるほど幸せなカレーの香りが。

「遅くなったら電話するんだよ、迎えに行くからね」

玄関までついてきて、岡本さんは遠慮がちに微笑んだ。

「大丈夫よ、自転車ですぐそこなんだから」

母さんが台所から出てきて、岡本さんのすぐ横に並んで立つ。看護師として長年働いてきた母さんはすらりとした長身、岡本さんはずんぐりして着ぐるみの熊みたい。だけど寄り添ってにっこり笑う二人に、私も笑顔で答える。

「じゃあ……じゃあ行ってきます」

もう少し何か話そうと思いながら、今日もそそくさと玄関を出てしまった。むっとするような熱気が一気に体を包み込む。ぱたんと閉まる玄関ドアの上に、「岡本」と書かれた真新しい表札が、かんかん照りの朝日を受けて光っている。

夏休みの理科室には、薬品の匂いのする湿った空気がたっぷりとこもっていた。窓を開けるとうるさいほどの蝉の声に混じって、遠くから吹奏楽部がロングトーンの練習をしているのが聞こえてくる。

窓から入ってくる風は、ちっとも涼しくなかった。私は大きな実験用机に突っ伏してあちこち茶色いしみのあるカーテンが、ゆっくりと風をはらんではためくのを眺めた。首筋をタラリと汗が流れ落ちる。ここなら間違いなく一人になれると思って来たけれど、この暑さではエアコンの無い部屋に行こうと思ったこと自体、無謀だったかもしれない。今年の夏はやっぱり去年までとは違うんだと思うと、嫌になるほど大きなため息が出た。

中三の夏休み、夏期講習をやっている教室や冷房のきいた図書館は、受験に向けて本気モードに入った同級生でいっぱいだ。でもこの理科室ならきっと、誰も来ないだろうと思ったのだ。とにかく今は一人になって黙ってこの夏をやりすごしたい。友達がみんな受験一色の大きな波に乗って行ってしまったのに、浅瀬で一人、同じ場所をぐるぐる回っている気がした。友達や受験なんてものよりもっと手に負えない、子供じみた自分と向き合ったままで。

聞きなれたストンという音がして顔を上げると、廊下側のカウンターの上に、いつもと変わらず小さな水槽に入れられたカメ子がいた。カメ子は理科部が飼っていることになっているミドリガメだ。私が入学した時にはもうそこにいたのだけれど、理科部の中でも特に当番を決めて世話しているわけではない。おそらく昼休みや放課後に、通りがかった生徒が気まぐれに落とすパンくずやご飯粒で成長してきたのだろう。もはやペットショップで売っている小さなミドリガメではなく、手のひらでがばっとつかむほどの大きさになっていた。

「あんたのおかげで理科室には入れたけど、やっぱり暑いわ……」

一応理科部員の私は、カメ子の世話という名目で理科室のカギを借りたのだ。水くらいは換えてやらないとと水槽に近づくと、カメ子は今日も同じ動作を休みなく繰り返していた。水槽の角に向かって伸びあがり、後ろ足を踏ん張って前足をばたつかせ、つるつるの水槽をよじ登ろうとしてストンと底に落ちる。生徒が周りにいっぱいいる授業中も、誰もいない夏休みも、カメ子は気にもかけず、ただひたすらそれを繰り返していた。

「カメ子ぉ……お前はどっかに、帰りたいわけ？」

カメ子の水槽を流しに持って行きそっと甲羅をつかんだ時、突然理科室の引き戸がガラガラと勢いよく開いた。足で思い切り引き戸を開けた体勢のままの片足立ちで、両手いっぱいに荷物を抱えた汗だくの男子がそこにいた。夏休みが始まったばかりなのにもう真っ黒に日焼けしている、理科部部長の杉原稜《りょう》だった。

「あれ？　茜《あかね》じゃん！　どしたの？」

私は油断していたというか、これからの長い時間、ずーっと一人っきりだと信じ切っていたために、危うくカメ子を放り出しそうになった。とっさに言葉が出てこない。その間に杉原はさっさと部屋に入り、薬品のビンが数本入っているだけの古い冷蔵庫の、冷凍室の扉を開けた。手に提げてきたスーパーの袋からいくつも何か取り出し、手慣れた様子でどんどん入れていく。それは子供の頃よく食べた透明のカップ入りの、濃いピンク色をした氷いちごだった。

「先生がさ、カメ子の世話ならもう来てるよ～なんて言うから誰かと思ったんだ～」

いつも通りのとぼけたような口調で話しながら、杉原は氷を冷凍庫に詰め終え、私を振り返った。首に巻いたタオルでグルグルと顔中の汗を拭き、短く刈った頭や耳の裏までゴシゴシと拭いた。こんなふうに偶然、夏休みに二人きりで会うには、杉原はダサすぎる。

「お前、そんなにカメ子、かわいがってたっけ？」

近づいてきた杉原の体全体から、熱気がもわあ～っと伝わってくるような気がして、私はちょっと後ろに下がった。ただでさえ暑いのにうざい。しかも一人になる私の計画はこれでぶち壊しだ。杉原はそんな私には目もくれずに言った。

「カメ子ってさ、いつもずっとここから出ようとしてるって、知ってた？」

私は杉原と、またカメ子の小さな水槽を見た。カメ子はやはり同じ動作を繰り返している。

「カメ子は……ここが自分の居場所だとは思ってないんだよな」

私はなぜかちょっとどきりとして杉原を見た。

「でも絶対にあきらめないんだ。絶望もしないし、ヤケになったりも、しないわけさ」

杉原は私を見て、ニッと笑った。


杉原はクラスでもちょっと浮いている。朝、授業の始まる前も昼休みも、だいたい一人で本を読んでいる。でもおとなしいわけじゃなく、誰に話しかけられてもちっともびくびくしたところがない。たまに発言すると確信に満ちていて、男子からは一目置かれている、というよりは遠巻きにされているようなところがある。英語の発音は著しく変だけど、理科の実験ではさっさとグループの分もやってしまい、周りの者は何の実験だったのかわからないほどだ。女子からはたぶん全く人気がなく、それは靴下に大きな穴が開いていたり、体操服が汚れたまんまだったりすることもあるけれど、クラス全体がふざけた調子で盛り上がっているような時も、一人冷めた目で見ているような、乗りの違いを感じるせいだろう。理科部の活動中も遊び半分みたいな私たちとは違い、一人で何か真剣に実験していて、近づきがたい感じはする。でも顧問の山中先生と実験の結果を検討しているときの杉原は、目をキラキラ輝かせ、教室では絶対に見せない無邪気で楽しそうな顔をして笑うのだ。

杉原は私がボーっとしている間にさっさとカメ子の水槽を洗い、水を換え、おまけにカメ子の甲羅まで手慣れた様子でたわしでこすってから、さっさと勉強を始めてしまった。私も仕方なく、付かず離れずの場所に座ってノートを開いた。カメ子の水槽からはそんなことがあってもまたすぐに、規則正しいストンという音がしてくる。

「あー、暑い」

突然そう言って杉原は冷凍庫から氷いちごを二個取り出して、一個を無言で私の前に置き、もう一個を食べ始めた。

「今どきまだこんなにシンプルな氷、売ってるんだね」

ふたに書かれた「いちご」という白い文字がなつかしかった。杉原は本から全然目を離さない。

「ああ、これが量の割に一番安い。飽きない味だしな」

「でも冷蔵庫、私物化してるよね、理科部長」

「この暑いのに空調無しで勉強できるかっての。受験生に氷は必需品なんだよ」

氷いちごを両手で包むと、冷たさが脇の下まで伝わって気持ちよかった。

「ねえ、杉原はどうしてここで勉強してんの？」

「夏休みにうちになんか居れるかよ。居場所なんて全然ねえんだからな」

杉原はなんだかおかしそうに笑い、急にふっと私を真っ直ぐに見て言った。

「茜こそ、なんでこんなとこ、居るんだよ」

杉原の目を見たら、なんだか全く関係のないこの男子に、不思議と気持ちを話してしまいたい気がした。

「私も……居場所がないって言うか……」

どんなふうに話そうか、うつむいた私に杉原が言った。

「居場所ないってお前んち、小学校の裏のあのでかい二階建ての家だろ？　なんで居場所がないんだよ。あ、もしかしてほんとは中、ゴミ屋敷なのか？」

不覚にも笑ってしまった。杉原の真剣な目がおかしかった。そのまま一気に言葉が口をついて出た。

「母親が再婚して、新しい父親がうちに来て、いい人なんだけど、家に居たくないの」

「へーえ」

杉原は何度かうなずいて、すぐにまた本を読み始めた。そうだよね、人んちの事情なんて関係ないもんね、そう思うと力が抜けて、どんどん独り言みたいに話してしまった。

「いい人なんだよ。母親もずっと私の気持ちを気にしてて、私が結婚してほしいって言ったからやっと結婚したの。小さい時から一生懸命私を育ててくれて、だから、幸せになってほしいってホントに思ったの。だけど、今までずっと二人だけで暮らしてきたし、なんだかすぐにはうまく話せなくて、ペースがつかめないって言うか……」

杉原はやはり本から顔を上げない。カメ子の水槽からまた、ストンという音がした。

「それに……だから私、二学期から苗字が変わるの。西浜じゃなくて岡本。岡本茜……ちょっと変だよね？」

杉原が唐突に顔を上げて言った。

「お前んち、確か小児科医院だったよな？」

突然なつかしい思いが胸にあふれた。父の病院が杉原の記憶に残っているのがうれしかった。

「そう、父さんが小さい子をいつも診察してた。母さんが看護師で……」

「すぐ下の弟だったかな……夜中に診てもらったことがあった。いや、も一つ下の誠だったかな……夜中でも診てくれるのは、あの先生だけだった」

私はちょっと泣きそうになった。

「支払いを待ってくれるのも、あの先生だけだった」

杉原は言うことは全部言い切ったという感じで、また本を読みだした。

亡くなった父が小児科医院をやっていたのはもうずっと前だ。杉原だって小さかったに違いない。だけど杉原は夜中に弟に付き添っていたのだろうか？　支払いの心配までしていたのだろうか？　杉原の小さな弟を診察する父の顔を想像しながらふっと顔を上げると、いつの間にか杉原が私のすぐ目の前に座っていた。じっと私の顔を見る。何？　ちょっとドキドキして私も杉原をじっと見た。

「食わないの？」

氷はほとんど溶けて安物のいちごジュースみたいになっていた。

「あ、ごめん、食べるよ」

氷に手を伸ばそうとすると、杉原は黙って溶けかけた私の氷をそっと持ち上げ、机の隅に置いてあった上皿天秤ばかりを手元に引き寄せた。一方の皿に氷を載せ、真剣に重さを量り始める。

「何やってるの？」

そう聞きながら私も、分銅を載せていく杉原の手元を見つめた。小さい頃、理科の時間にこのはかりでいろんなものを量った。二つのお皿の重さがつり合っただけでうれしかった。アルコールランプの匂い、顕微鏡をのぞくワクワク感、それはみんな医者だった父の身近にあったものだ。私が理科部に入ったのも、そんなものに触れていたかったからかもしれない。私はそっと部屋の中を見回した。古い生物の標本、小さな実験道具のしまわれた木の引き出し。こんな気持ちで来てしまった場所が理科室なのも、なつかしい記憶をなくしたくないからかもしれない。

「120gぴったし。溶けても質量変化なし」

杉原は満足そうにつり合ったはかりを見て言った。

「当たり前でしょ？　溶けただけで何も変わってないもん」

「じゃあ化学式も同じだ。水と糖だから、H2Oと、糖はC12のH22で……」

「だから、変わらないよ、中身なんて」

意味が分からなくて私がふてくされて言うと、杉原は笑って言った。

「だから名前なんて、氷いちごでもいちごジュースでもいいじゃん。茜は茜だろ？」

天秤ばかりまで持ち出した杉原がおかしくて、私はなんだか「うん」とうなずいていた。


こんなにぎゅうぎゅうに座ってご飯を食べたのは生まれて初めてだった。しかもおかずをこんなに奪い合う食事も初めてだった。杉原が「居場所がない」と言った意味が嫌というほどよくわかった。理科室でなんだかちょっと励まされたような気がして、今から弟や妹の分も夕飯を一人で作ると言う杉原を、ちょっと手伝ってあげようかと言ったのが運のつきだった。杉原は変にキリッとして言ったのだ。

「居場所がないって言葉のほんとの意味を、今日は茜に教えてやるよ」

杉原の家は町工場だった。一階が工場でお父さんが機械を使って仕事しているのが見えた。「こんにちはー」と言ってみたけれど、機械の音で聞こえないみたいだったので杉原にくっついて二階に上がった。階段には子供の小さい靴がいっぱい並んでいて、ドアを開けると蝉の声みたいに子供の声があふれ出てきた。何人いるんだろうと思ったけれど、冷静に数えると杉原の他に五人だった。弟が三人とその下に妹が二人。一番小さい子は「来年小学校に入学するの」と言ってうれしそうに笑った。冷蔵庫を開けると中にはたくさんパック入りの豆腐が入っていた。おかずは冷奴だと言う杉原に、私は冷蔵庫のすみからいくらかのひき肉と玉ねぎとベーコンを見つけ出し、豆腐ハンバーグを作ることにした。人数分にするためには豆腐がどうしても多くなり、ややだらけた形のハンバーグになったけれど、子供たちは喜んで食べてくれた。一週間ほど前からお母さんが家を留守にしている杉原家では、冷奴と納豆がメインメニューとなっていたらしい。

「お母さん、もうすぐ帰って来るの」

と、恥ずかしそうに体をくねらせながら小学二年生の妹が言った。

「今、もうちょっと仕事のありそうな、母ちゃんの田舎の工業団地の方へ引っ越せねえか、様子見に行ってんだ。NC旋盤とかネジ加工とか、父ちゃんの腕は絶対確かなんだからさ」

五年生の弟にハンバーグを分けてやりながら杉原は言った。元気に兄貴のハンバーグをほおばるこの子はもしかして、父が夜中に診察した子かもしれない。本当にもたもたしてたら食卓に座る場所がない、おかずだってなくなるこの家に居ると、「居場所は自分で見つけ出すものだ」と素直に納得できた。誰もが自分の気持ちを声を張り上げて主張し、本気でけんかしたりふざけ合ったりして、杉原の兄弟はちゃんと、狭い家に収まっていた。

大丈夫だと言うのに、杉原は一緒に家まで自転車で送ってくれた。

「杉原、もし引っ越しすることになったら、志望校も今から変えるの？　そんなのって大変じゃないの？」

杉原は全然というふうに首を振って言った。

「どの学校に行くかなんて大したことじゃないさ。どこに行こうとやんなきゃいけないことは同じだろ？」

「でも……でもさ、もっと楽な家もあるのにとかって、思わない？」

暗くて顔はよく見えなかったけど、杉原はいとも簡単に言ってのけた。

「思わないさ。これが俺の家だし、どこに居たって俺は俺で変わらないから。あとはその場所でやれるだけのことをやるだけだ。あきらめないで……どこへ行っても……どんな状況に……

なってもな」

通りを走る車のライトが、杉原の顔を一瞬照らした。とても真剣で、いつもよりずっとおとなびているような気がした。

そうだよね、居場所がないと思っても、そこが大切な自分の家だと思うなら、杉原の小さな弟や妹みたいに大きな声で、ここに居るよ、ここに居たいよって言えばいい。私はいつの間に素直に気持ちを伝えられなくなっていたのだろう。大切な人とまっすぐ向き合って話をしなくなっていたのだろう。杉原の背中を見送って、私は玄関のドアを開けた。

岡本さんは帰りの遅くなった私をずいぶん心配していたらしい。平気でテレビドラマを見ている母さんとは違い、私の顔を見て本当にほっとした顔で「おかえり」と言った。

「遅いんじゃないか、遅いんじゃないかってほんと、うるさかったのよ」

母さんが言うと岡本さんは頭をかきながら、ずんぐりした体を縮めるようにして笑った。大学の研究室でずっと研究一筋だった岡本さんは口下手で、私と初めて会った時から一生懸命話しかけてくれるのが痛いほどわかる人だった。岡本さんにとって十五歳の女の子など、もう宇宙人の存在に近かったかもしれない。お互い相手を思いやりながらも本当の気持ちを言わないで、びくびくしていたのかもしれない。

私は二人が結婚してからこのひと月、ずっとどうしたらいいか考えていたことを、思い切って岡本さんに話すことにした。

「あのう、岡本さん、私、岡本さんのこと、お父さんと呼んだ方が……いいのかな」

岡本さんは唐突な問いかけに、困った顔をして黙ってしまった。母さんの、「ほら、しっかり」という小さなささやきが聞こえる。

岡本さんは咳払いをして、それから私をまっすぐに見て話し始めた。

「僕は茜ちゃんが、本当に僕のことを、お、お父さんと呼んでくれる日を待つよ。それはずっと先でも構わないし、最後まで無理でも構わないんだ。だけど僕はもうずっと前から、茜ちゃんを娘だと、思っているよ」

岡本さんは大きく息をして、湯のみのお茶をぐっと飲み干した。

私も岡本さんを見た。今の気持ちを聞いてもらおうと思った。

「私、岡本さんがうちに来てくれて、母さんが幸せになってすごくうれしいの。だけど岡本さんをお父さんと呼ぶと、ほんとの父さんと自分とが、遠く離れてしまうみたいな気がして、苗字だって変わっちゃったし、この頃ちょっと、つらかった……」

笑おうと思ったのに、全部話すと急に涙がどんどんあふれてしまった。私の涙に岡本さんはますますうろたえ、私も自分の涙にうろたえてうつむいてしまった。だけどしばらくすると岡本さんは、静かな声でゆっくりと話し始めた。

「茜ちゃん、僕がもっと早く、ちゃんと話せたらよかった。ごめん。それから、茜ちゃんのお父さんへの気持ちも、話してくれて、うれしいよ、ありがとう」

岡本さんは少し黙って、それからまた、一言一言確かめるみたいに話し始めた。

「僕はね、今までほんとに研究しか、してこなかったんだ。だからやっぱりその話しかできないんだけどね、ちょっとだけ、その話を聞いてほしいんだ。いいかな?」

私はうつむいたままでうなずいた。

「僕がね、ずっと研究してきたのは、DNAというもので、わかるかな、聞いたことあるかな?　生きているものすべての、親子の受け継ぐ遺伝子の、細胞の情報なんだ」

私は涙をぬぐって岡本さんを見た。

「茜ちゃんのお父さんと茜ちゃんには、お互いを結びつける同じ印がついている。それをDNAっていってね、それは茜ちゃんを作っているどの部分にも、顔にも手にも、そう、心の中にも組み込まれていて、将来何があっても、絶対に変わることはないんだ。だから、だから茜ちゃんはこれからもずっとそのままで変わる必要なんかないし、だから名前だってほんとはどうだっていい。大切なのは、茜ちゃんはこれからもお父さんとお母さんからもらったその印を、この世にたった一つしかない印を胸に抱いて、いつまでも、これからもずーっと、つながって生きていくんだっていうこと、それだけなんだから」

岡本さんがあちこちつっかかりながら話す言葉が、心の隙間にしみこんでいくような気がした。両親がくれたたった一つしかない印。これからもずーっとつながって生きていく。岡本さんはきっと大学でも、もっともっと難しい話をこんなふうに、一生懸命汗を拭きながら、学生さんに話しているんだろうなとその時思った。

「名前なんてどうでもいいじゃん、茜は茜だろ？」と言った杉原の笑顔を思い出した。溶けてしまった氷いちごの甘い味も。岡本さんも杉原も、私に同じことを言うんだなと思ったら、胸いっぱいに温かいものが広がった。

それからの数日、私は岡本さんの、持って来たままになっていた荷物の整理を手伝った。積み上げられたダンボール箱を開けると、それはほとんどが本や資料で、服や靴などほんのちょっとしかなかった。それがおかしくて笑っても、岡本さんは何がおかしいのかわからなくてまた困ったみたいに笑った。でもそれは、ちっとも居心地の悪い笑いじゃなくなっていた。

次の日、久しぶりに理科室に行ってみたが杉原は来なかった。カメ子の水槽の水はこの暑さで緑色に変わっていて、カメ子の甲羅にも緑色の苔が薄く張り付いていた。杉原がきちんとカメ子の世話をしていたことが初めてわかり、私はカメ子の甲羅をゴシゴシとたわしでこすりながら、杉原の家に行ってみようと思った。

杉原の家の前には車が数台止まり、何人かの人たちが立ち話していた。私は自転車を止めて工場の閉じたシャッターを見た。そこには小さな字で、「都合により廃業いたします。ご迷惑をおかけいたします」と書かれた貼り紙がしてあった。

「ここの人、引っ越したんですか?」

私が聞くと作業服を着た中年の男が、不機嫌な顔で吐き捨てるように言った。

「夜逃げだよ、よ・に・げ。杉原がこんなことするとはな」

目の前の状況がのみ込めなかった。男は車に乗り込み、思い切りドアを閉めて行ってしまった。近所の住人らしいおばさんたちもひそひそと顔を寄せ合って話している。貼り紙を見ながら携帯をかけている男もいる。みんな一様に顔をしかめて、首を横に振ったり深くうなずいたりしていた。

私は通りから二階の窓を見上げた。兄弟の声があふれていた小さな部屋は、カーテンがぴっちりと閉じられて静まり返っている。ふいに杉原が最後に見せたおとなびた顔が頭をよぎった。私は必死になってあの日の杉原をもっと思い出そうとした。最後に言った言葉は何だっただろう? 私は急いで自転車に乗ると、また理科室に向かって走り出した。

カメ子が水槽を滑り落ちる音がストンと聞こえた。理科室の冷蔵庫の前に立ち、私は思い切って冷凍庫の扉を開けた。

そこには前にもましてぎっしりと、氷いちごが詰まっていた。あれからの数日間、杉原は氷いちごを食べながらカメ子とここで勉強し、そしてこれからもずっとここに来るつもりで氷いちごをこんなに買い込んでいたのだろう。杉原はもっともっとこの理科室で勉強していたかったはずなのだ。

一番手前の氷いちごを一つ抜き取ると、ふたの「いちご」という文字の上に、黒いマジックで書かれた汚い字が並んでいた。

「どこに居たって茜は茜だからな。カメ子を頼む」

私は両手でぎゅっと氷いちごを包み込んだ。杉原はこうなることを知っていたのかもしれない。知っていたのだと思った。こうなることがわかってからまた、自分はもう食べない氷いちごをこんなに詰め込んだのだ。居場所がないと言った私のために。

「杉原……杉原だってどこに居ても杉原のままでいるよね……きっと今までみたいに居場所、杉原なら、作れるよね」

カメ子の水槽からまた、ストンと音がした。

私と彼女の延長戦

男は敷居をまたげば七人の敵がいるそうだ。今の時代、女だって敷居くらいまたぐ。ゆえに女にも七人の敵がいる。そして、女の敵はたいてい女だ。

私は負けない。もう負けない。ぜったいに負けない。ぜったい。

「あれえ？　焼けてませんね？」

大庭和葉《おおばかずは》が夏季休暇を終えて出社すると、まずかけられた言葉がこれだった。ふりむくと、和葉が課長を務める海外事業部グローバルマーケティング課で事務を担当してくれている赤坂侑香《ゆうか》が小首をかしげていた。

「長いお休みだったから、てっきり海外リゾートにでも行かれたのかと」

完璧なアイメイクをさらに引き立たせるようにまばたきをして、侑香は薄く笑う。和葉が九日間の夏季休暇の前後に二日ずつ有休をくっつけて、ほぼ半月休んだことを暗に揶揄しているのだとわかった。濃いアイラインと長い睫毛にふちどられた目の中の冷めた色は、和葉に遠い昔の傷を思い出させる。理性を超えて感情が動き、心臓が早鐘を打った。だいじょうぶ、と和葉は自分に言い聞かせる。侑香は十二も年下の部下だ。私も彼女ももう十分大人だし、侑香は働く母の顔も持つ。暇を持てあまし、イジメしか娯楽のなかった中学生とは違うのだ。怖がることなんてない。負けてたまるか。

和葉は微笑んで「なかなか行けませんよ」と答え、自分の席につくとPCの電源を入れた。

「髪型、変えました?」

追いかけるように侑香から質問が投げられ、和葉は思わず頭をおさえてしまう。

バレたんだろうか? この髪がカツラだって……。

おそるおそる見上げた侑香の顔に何の含みもないのを見てとり、和葉はホッと息をついた。平静をよそおって「ええ」とうなずき、PC画面をにらむ。意識したせいか、頭の中がかゆくなってきた。ウィッグが蒸れているのだ。安物を買ったわけではないのに……。和葉は午後に控えている会議の資料ファイルを開きながら、いらいらとキーボードを爪ではじいた。

海外にいる営業部員とのWeb会議がはじまってすぐ、和葉は強い不快感に襲われた。めまい、耳鳴り、手足の震え……それらを何食わぬ顔でやり過ごすことに全精力を傾けているうちに、調査報告としてあがった数字や意見は耳を素通りしてしまった。

たっぷり二時間かかった会議が終わると、和葉は一番に席を立ち、トイレへ駆け込む。そのまま一時間ほど便器を抱えて激しい嘔吐を繰り返した。

吐けるものが何もなくなってようやく脂汗をぬぐいながら席にもどってきたが、目の前が揺れてPC画面はおろか紙の資料すら見られない。和葉は机に突っ伏したい気持ちを懸命におさえて、ひたすら時間が過ぎるのを待った。

終業のベルと同時にPCの電源を落として立ち上がると、侑香が険しい顔で近づいてきた。

「十月の海外出張なんですけど」

声はとがり、眉はつり上がっている。

「大庭課長だけ予定表がまだ出ていません。他の人達とのスケジュール調整が出来ないんですよね……」

「あ、そうだったわね。すみません。すぐやりますから」

和葉が吐き気をこらえて頭を下げると、侑香はわざとらしいため息をついてみせた。

「今から？　明日でいいです。わたし、もう帰るんで。保育園のお迎えにいかなきゃ……」

気楽な独身者のあなたとは違うんです、という侑香の本音が聞こえてくるようだ。

和葉を席に残して去りかけた侑香だが、「そうだ」とつぶやき、ふりむく。

「大庭課長。忙しい時は、仕事を誰かに割り振ってくださいね」

今度は和葉がため息をつく番だった。

会社に認められる人になる。入社以来二十年、その気構えでやってきたのだ。私には夫も子どももそして気のおけない友達だっていない。だから、せめて会社に必要とされたいと思ってやってきた。誰かが簡単に代われるような仕事をしているとは——実際そうだったとしても——思いたくないのに。

小走りに帰っていく侑香の背中を眺めながら、和葉は苦い唾を飲み込んだ。


和葉が自宅に帰り着くと、部屋は快適な涼しさで満ちていた。出勤前にタイマーをセットしていったクーラーのおかげだ。和葉は玄関でパンプスを脱ぎ、廊下を歩きながらウィッグを投げ捨て、メイクとスーツはそのままでリビングに置かれたソファにへたりこむ。あらゆる痛みと気持ち悪さが押し寄せ、ソファにめりめりと沈んでいく気がした。

高い天井からさがった北欧のモダンな照明器具を見上げ、和葉はうめく。

「ローン……あと十二年」

窓から六本木やお台場の夜景が臨める都心のタワーマンション三十二階、七十平米の二ＬＤＫが和葉の城だった。三年前の課長昇進をきっかけに一大決心して購入したのだ。独り暮らしには広すぎ、気負いすぎたマイホームだが、定年まできっちり勤め上げる覚悟を形にしたかったのだ。覚悟さえあれば働きつづけられると信じていた自分の無邪気さに舌打ちしたくなる。

六月におこなわれた会社の健康診断で引っかかった。わきの下に小さなしこりが二つ出来ていた。

大学病院でマンモグラフィ、ＭＲＩ、さらにＣＴとエコーで入念に再検査し、たった一人で『乳がん』の告知を受けた。医師といっしょに様々な治療方法を検討し、化学療法をおこなった後に手術という選択をしたのも和葉自身だ。誰にも相談しなかった。いや、「出来なかった」と言ったほうが正しい。和葉には交友関係と呼べるものがほとんどなかったから。

治療方針が決まるとさっそく半年間の抗がん剤治療がはじまった。和葉の場合、この治療で腫瘍をどこまで小さく出来るかによって乳房温存か切除か、手術のやり方が決まるらしい。

薬の副作用には個人差があるという話だったので、第一クールは会社の夏季休暇にぶつけ、なるべく長く仕事を休めるよう調整した。それでもこのざまだ。今日一日まるで使い物にならなかった。

「闘病と仕事の両立なんて、本当に可能なのかな？」

答えの出ない問いが、和葉の心に黒々とした影を落とす。会社にいられなくなったら、私はどうやって生きていけばいいんだろう？　貯金が底をつけば病院にだって通えなくなる。

宙を泳いだ視線は窓の外のまばゆい夜景ではなく、暗い部屋の隅に置かれた電話に注がれる。条件反射のように実家の電話番号が浮かんだ。去年の正月に会ったきりの両親の顔が頭から離れなくなった。和葉は電話に走り寄る。しかし、受話器を取り上げることは出来なかった。

いつまでたっても孫を抱かせてあげられない親不孝に加え、これ以上心配事を増やしてどうする？


両親には、一人娘として何不自由なく育ててもらった。地味な外見で取り柄も特になかった和葉だが、親から見れば大事なかわいい娘だったのだろう。父母の四つの瞳はたえず和葉にそそがれていた気がする。

だから中学時代、和葉がイジメにあった時も、何も言わないうちから両親は気づいていた。そして本人より深く重く傷ついたらしい。和葉にかける言葉を考えあぐね、腫れ物あつかいするあまり、母親が和葉より早く体調を崩した。

ストレスで痩せてしまった母親を見た時、和葉は悟ったのだ。

両親、特に母には心配をかけてはいけない。私は負けてはいけないのだ。ぜったいに。

けっきょく和葉はイジメられながらも一日も休まず学校に通いつづけ、クラス中に無視されるのを逆手にとって勉強に集中したおかげか、県内でも有数の進学校に合格することが出来た。その『勝利』は両親に喜びの涙を流させ、和葉の「私は負けない」という決意をさらに固くすることとなった。

以来、和葉はピンチであればあるほど口をつぐみ、我慢し、努力することで自分の人生を切り拓いてきた。「ぜったい負けない」と常に自分に言い聞かせて一人で乗り切ってきた。

だから、と和葉は髪の毛を掻きむしる。今回だって私は負けない。私を気にかけてくれる人は両親くらいだからこそ、彼らに心配はかけたくない。ガンとも一人で闘うんだ。

指先に奇妙な感触があった。おそるおそる両手を顔の前に持ってくると、髪の毛がごっそり抜けて五本の指にからみついている。副作用の一つ、脱毛が本格的にはじまったのだ。覚悟していたことだが、黒い血のような髪のかたまりを見たとたん、和葉の心臓は縮みあがった。足が震え、その動きによってまた髪が床に散らばる。小学生の頃から貫いてきたストレートロングの髪が抜けていく。和葉が外見で唯一褒められる自慢の髪が抜けていく。

和葉はその場にへたりこんだ。一人が骨身に沁みる。結婚もせず、出産もせず、大きな病にかかってしまった。女の命である髪は抜け、シンボルとも言うべき胸のふくらみも失うかもしれない。身も心もボロボロになって命だけは助かったとしても、あいかわらず一人であることに変わりはない。一人ぼっちで今度は十年二十年と病気再発の恐怖と闘っていく。そこまでして自分が生きる理由はどこにあるのか？　和葉には正直よくわからなかった。

私は負けない。イジメられていた頃のようなみじめな思いはもうしたくない。老いた肉親に心配をかけたくない。だから、負けない。負けたくない。負けたくないのに……。

和葉の両目から涙があふれ、頬をつたっていった。

私、負けちゃうかもしれない。いや、気づかないふりをしていただけで、本当はもうとっくにボロ負けだったのかもしれない。だって私には何もないもの。この世で私の死を悲しんでくれる他人が一人もいないもの。勝ちにこだわっていろんな人を蹴落としてきた。切り捨ててきた。馴れ合いのつながりなんて邪魔だと思っていた。でも、そうやって一人で生きてきたのが一人で死ぬためだったとしたら、私はなんて虚しい人生を歩いてきたのか……。

夜明け近くまで眠れず、新しい一日を迎えた。寝不足のせいで頭が重く、幸い吐き気はなかったので二度寝してしまう。次に目覚めると、時計の針は正午を指していた。勤続二十年目にして初めての寝坊だ。和葉は乾いた心で「ま、いっか」とのんびりふとんから出た。電話で欠勤の旨を連絡する。海外出張のための予定表を侑香に出していないことですこし気が咎めたが、今の自分には秋の海外出張などそもそも不可能だ、と気づいて自棄になった。

またふとんにくるまり悶々と一日過ごすのも体に悪い気がしたので、最低限の化粧をすまして外に出る。平日の町は、おだやかな時間が流れていた。今日は和葉の体調も悪くない。しかしウィッグの中はあいかわらず蒸れてかゆかった。残暑きびしいこの季節に、今までの自分の髪型に一番近いロングヘアのウィッグを選んだのが失敗だったか、と暗い気持ちになる。

その時、和葉の目に美容院の看板が飛び込んできた。和葉はあわててスマートフォンを取り出す。プロの美容師にウィッグをカットしてもらおうと思いついたのだ。会社をサボってしまった日の過ごし方としては悪くないイベントに思えた。少しは気もまぎれるかもしれない。

店の立地や従業員の数などの条件を絞りに絞って最終的に選んだのは、最寄り駅から一時間半ほど下った町にある一軒だった。

店のホームページに飛んでみると、トップページに大きく「さまざまな事情でウィッグをかぶらねばならない貴女のために」という文字があった。なんだか「わかっている」気がする。『ヒロミ美容室』という今どきあまりないストレートな美容院の名前も安心出来た。和葉はその場で店に電話を入れて二時間後に予約をとると、駅へ走った。

『ヒロミ美容室』はしずかな住宅街の一角にあった。住居を改築して一階部分を美容室にしたようだ。

「いらっしゃいませ。お待ちしておりました」と笑顔の中年女性がドアを開けてくれる。オーナー兼従業員のヒロミという人らしい。ヒロミは和葉が店に入るのを確認するとドアを閉め、『本日休業』の札をそっと掲げた。そのさりげない心遣いが、今の和葉にはありがたかった。

和葉を席に案内すると、ヒロミは黙々とカットの準備を進めた。そしてケープをかぶせながら、だしぬけに「違っていたらごめんなさい」と切り出す。

「お客さん、安良野《あらの》中学三年C組だった大庭和葉さんじゃありません？」

和葉の驚いた顔と沈黙が返事の代わりになったらしい。店主は顔をほころばせて名乗った。

「私のことは覚えてないかな？　同じクラスだった春田……いえ、旧姓は橘。橘弘美です」

「あ……」

和葉の埋もれていた記憶が蘇る。ケープの下の腕が細かく震えた。

橘弘美はたしかにクラスメイトだった。和葉が思い出したくもない中学三年生の暗黒の日々を、同じ教室で過ごした人間だった。毎日が恐ろしい突風あるいは不快な凪のようなあの教室の中で、唯一最後まで和葉をイジメなかった少女でもある。だから弘美はこんなに屈託なく声がかけられたのだろう。和葉は自分の顔がゆがむのをどうしても抑えきれなかった。

橘弘美。すらりと伸びた肢体と美しい瞳を持ち、スポーツがよく出来た少女。いつも溌剌としており、男女問わず人気が高かった。何をやっても勝ちつづける女だった。あの頃、和葉はいつも弘美の言動のはしばしから勝者の余裕を嗅ぎ取ったものだ。いくら誘われても超然とした態度を崩さず、イジメに参加しなかった。つるむ友達はいくらでもいるのに、一人で行動することが多かった。バレンタインデーからあえて数日遅れて、人気者の彼にチョコレートを渡したりした。

イジメの連帯責任を負わなくても誰も彼女を次の標的にはしなかったし、彼女がいくら一人でいても友達の数は増えつづけた。たくさんの女の子がバレンタインデーに先を競って手作りチョコレートで告白した人気者の彼をかっさらったのも、結局彼女だった。

負けてはいけない、と歯を食いしばってイジメに耐える和葉の横を、難なく手に入る勝利を掲げて駆け抜けてゆく。十五歳の弘美はそんな存在だった。

和葉は四十二歳になった橘弘美を鏡ごしにこっそり観察する。

体には年相応の肉がつき、美しい瞳を覆うまぶたは重力にあらがえず眠たげだ。「なつかしいわあ」とはじけるように笑った目元には細かいシワが寄った。けれど、体全体が健康そうに輝いていた。日々を重ねることが楽しく、年を取ることを恐れずにすむ女だけが発する滋味あふれる輝きだった。

和葉の視線が泳ぎ、レジの横にかかった小さなパネルをとらえる。写真が引き伸ばして飾ってあった。洋酒のロゴがプリントされたTシャツを着た男性とストローハットをかぶった弘美の真ん中で、かわいく髪を編んだ小学生の女の子がピースサインを出して笑っている。絵に描いたようにしあわせそうな家族写真だ。

橘弘美、あなたはやっぱり今も、勝ちつづけているんだね。

和葉は声にならない声をたてて笑った。家族と仕事、そして健康な体。弘美の笑顔の素はシンプルで最強だ。和葉が懸命に追い求め、ついに届かなかったものをすべて持っていた。

「これ、ふだん使い用のウィッグですよね?」

弘美に聞かれて、和葉は我に返る。うなずくと、弘美は軽い調子で提案した。

「この際、思い切ってベリーショートにしてみたらどうかしら? ジーン・セバーグみたいな」

和葉が顔色を変えて首を横にふると、弘美は「あっそう? ざんねん」と肩をすくめた。

「大庭さんはショートも似合うと思うんだけどなあ」

「ウィッグで遊びたいわけじゃないから」

思わず声をとがらせてしまう。余裕がなく、ヒステリックで、格好悪い、そんなこと百も承知だった。けれど、どうあがいても勝てない相手を前に「負けない」とふんばる気力がもうわかなかったのだ。弘美は驚いたようにハサミを持つ手を止め、鏡ごしに和葉の顔を見る。

「私、ガン患者だから」

おそらく弘美が気を遣って聞かなかったことを、和葉は自分から打ち明けた。開きなおっていたと言っていい。中学時代同じ教室にいたというだけでぜんぜん友達ではなかった弘美に話すべきことではないと頭ではわかっていても、口が止まらなかった。

「結婚にも出産にも縁がないまま来たっていうのに、縁なんてない方がいい病気だけビンゴ。大当たり。まいっちゃうよ。抗がん剤の治療はキツイし、それを乗り切ったとしても大きな手術が待っているし、そうこうしているうちに仕事を失うかもしれないし……『明日が見えない』って、きっとこんな感じなんだろうね」

和葉は大きく息をついて挑むように弘美をにらんだ。同情でも憐憫《れんびん》でも好きなだけ放ってくれたらいい。負けっぱなし人間のことなんて、あなたにはわかるまい。

しかし、弘美はその顔に同情も戸惑いも優越感も表さず、ただしずかに言った。

「『明日』は来るよ。だって、大庭さんは生きている」

「敗者としてね」

和葉が吐き捨てるように混ぜ返すと、ハイシャ？　と弘美は心底ふしぎそうに首をかしげた。

「勝ちとか負けとか、関係ないじゃない？　これからしかるべき治療を受けて生きていこうとしている大庭さんの人生は、まるごと大庭さんのモノなんだから」

「人と比べても仕方ないって？」

和葉の目に涙がにじんだ。

「それは勝っている人が言うからさまになる。負けている人が言ってもただの負け惜しみよ。だから今の私は言えないし、そうは思えない。健康な人がうらやましい。家族のいる人がうらやましい。仕事をつづけていける人がうらやましい。そういう人達と今の自分を比べては『負けた』って思う。こんな気持ち、橘さんにはわからないでしょう？　『負けたくない』『勝ちたい』ってみすぼらしいくらいにこだわることでやっと生きてこられた弱い人間の気持ちなんて、勝ちつづけてきたあなたにはきっと一生わからないよ！」

するとと弘美は苦しげに顔をゆがめ、ゆっくり首を横にふった。

「わかるよ。だって私もそうだったから。しあわせそうな人がうらやましくて、恨めしくて、自分がみじめで……うん、私ももすごく勝ち負けを気にしていた」

いぶかしげに見返す和葉を置いて、弘美はレジの横へ歩いていくと、パネルを外して戻ってきた。「私の娘」と真ん中の小学生を指さす。

「未熟児で生まれてきてね……小さい頃はいろいろ手がかかって大変だったけど、成長と共にすこしずつ丈夫になってくれて、小学校に入ってからは身長もぐんぐん伸び出して、私も夫もずいぶんホッとしたわ」

弘美はそう言って、パネルの上から愛しそうに写真の娘をなでた。

「パンツよりスカート派で、髪の毛は肩より短くしたことがなくて、毎朝私が結んでやらなきゃいけなかった。そういう手間も女の子の親だから味わえることだと思えば嬉しくて、長い髪にブラシを入れながら、この子はどんなお姉さんになっていくのかな？　どんな恋をするのかな？　どんな仕事を選ぶのかな？　なんていろいろ妄想したりして……あの子に未来が来るのは当たり前だと思っていたんだけど……たった十年だったたな」

「十年？」

和葉は思わず聞き返してしまう。弘美はうなずき、パネルをぎゅっと抱えた。

「娘は四年前に交通事故で亡くなったの。これは三人家族の最期の写真」

和葉はかける言葉もなく、パネルの写真を見つめる。ついさっき『絵に描いたようにしあわせそうな家族写真』と妬んだものが、今は取り戻せない時間のせつない記録へと印象を変えていた。そんな自分の身勝手さが申し訳なくて、うつむいてしまう。

弘美はゆっくり立ち上がり、パネルをレジ横へ戻しにいきながら、「明日が見えないい」と言葉を継いだ。

「あの子が死んでから二年間、私もそう思いつづけていたよ。実際は明日もあさってもちゃんと来ていたのに、見えないフリをしていた。美容室も閉めたし、娘の部屋も片付けなかった。そんな私を心配し、前へ進むようすすめてくれる人達を恨みさえした。夫、娘の友達、美容室のお客さん、みんながみんな、十歳で時を止めた娘を忘れ去っていく気がして、自分と娘だけがしあわせな未来から取り残された気がして、悔しくて、悲しかった。町を歩けば親子連れの姿が目に飛び込んできて、我が子といっしょに年を取っていける人達がひたすらうらやましかった。ただただ、うらやましかったんだ」

あの時の私はとことん負けていたと思うよと言って、弘美はレジにもたれた。

「……過去形だね」

和葉がつぶやく。弘美は大股で戻ってきて和葉の後ろに立つと、鏡ごしに目を合わせた。

「過去になったきっかけは、娘の小学校の卒業式よ。私と夫で娘の代わりに出席したの。いろいろ葛藤はあったんだけど、思い切って……。そしたら卒業証書を持ったあの子のクラスメイト達が私の前に来て、二年間、どれだけ娘を想い、娘の分までどうやって生きてきたかってことを、一人一人ほこらしげに報告してくれたの」

苦手なマラソンを完走した子がいた。美術展覧会で入選した子がいた。学校を一日も休まなかった子がいた。そして、天国にいった親友を心配させないよう、毎日を笑ってすごした子がいた。

「その時はじめて、娘の突然の死で明日が見えなくなったのは、私だけじゃなかったんだって知ったの。みんな苦しんでくれていた。悲しんでくれていた。それでもとにかく生きることで自分から明日を迎えにいった子ども達を見て、私もやっと歩きだす決心がついたんだ。人生に勝ち負けなんてないって心から思ったのも、その時よ」

弘美は注意深く和葉のウィッグを整えながら言う。

「だって人生には必ず延長戦がある……いや、違うな。むしろ人生は延長戦そのものって気がする。勝ち負けをどこで決めればいいかなんて誰もわからない、永遠の延長戦」

だから、最期の日までとにかく生きる。自分が納得して満足出来るように生きるんだ。

弘美はきっぱり言い切った。それは弘美がつらい経験の中で何度も自分に言い聞かせた言葉なのだろう。真実だけが持つ切実な説得力があった。

「似合うなら……ショートに……してみようかな」

和葉が弘美を仰ぎ見て言うと、弘美は「ぜったい似合うよ」と強くうなずいてくれた。

カットを終えた弘美がハサミを置く。鏡の中には、和葉が生まれて初めて見るベリーショートの自分がいた。悪くないな、とうぬぼれてみる。軽くなった頭を振って「風通しがいいね」

と言うと、弘美は微笑んだ。

「そうでしょう？　ウィッグをベリーショートにしておけば、脱毛時のショックがロングほどではないだろうし、治療が終わって自分の毛が生えてきた時はすぐにウィッグを脱げるよ」

弘美の言葉に和葉はハッとする。そこまで考えてのショートの提案だとは思いもしなかった。感謝の言葉が素直に出てこない和葉の肩にそっと手をおき、弘美はささやいた。

「生きてね、大庭さん」

祈るような口調だった。

「大庭さんのお父さんもお母さんもまだご健在でしょう？　子どもはいくつになっても子どもだよ。親より先に死んじゃいけないの。ぜったいに。ぜったいに……」

鏡の中の弘美は母親の顔をしている。年齢も体型も雰囲気も違うのに、和葉は弘美に自分の母親を重ねた。

何年かに一度、狭い町の近所の目を気にして深夜にこそこそ帰省し、また深夜に東京へ戻っていく娘を、眠気で目をショボショボさせながらも必ず門まで出て見送ってくれる両親の長い影を思い出した。

一度も振り向かず逃げるように去っていく和葉の足元で、その長い影は『明日』への行き方を示す矢印のようにいつまでも揺れていた。いくつになっても子どもを想い、心配する親の心そのままに揺れていた。

私はあの人達を置いていっちゃいけない。

和葉の心の中にあたたかく力強い光が灯った。それが命の炎というものなのかもしれなかった。


翌朝、和葉はベリーショートのウィッグで出社した。フロア中から注目され、ひときわ声を張る。

「これ、カツラなんですよ」

和葉が自分の罹《かか》っている病名を告げ、闘病しながらの仕事なので皆に迷惑をかけるし、場合によっては異動や退社も考えていると説明すると、同僚達はいっせいに目をそらした。

予想通りの反応だったので、和葉は特に気落ちもせず自分の席につこうとした。その時、予想外のことが起こった。侑香が和葉の前に進み出たのだ。

「事情はわかりました。抗がん剤治療の期間ってたしか半年間くらいですよね？　海外出張のスケジュール組み直しましょう。サポートさせてください」

「抗がん剤治療のこと、詳しいのね」と和葉が目をまるくすると、侑香は肩をすくめた。

「身内にいるんです、大庭さんと同じ病気にかかった人。あ、でも今はちゃんと元気になっていますからご心配なく。大庭さんもがんばってください。今一人で抱えている仕事を女子社員達に割り振れば、切り抜けられるはずです。会社辞める必要なんてないですからね」

和葉が狐につままれたように「ありがとう」とつぶやくと、侑香は長い睫毛を瞬き、早口で付け加えた。

「それと、ウィッグ似合ってますよ」

自分で言っておきながら不満げに口をとがらせる侑香を見て、そういうことかと和葉は笑みをこぼす。

女には七人の敵がいる。でも女には七人の味方もいるのだ。

「なるほど。たしかに永遠の延長戦だ」

和葉はこっそりつぶやき、軽くなった頭を振ってみせた。

理想の家族

工藤俊一《しゅんいち》が勤める医療機器メーカーの大阪支店は、梅田が見下ろせる高層ビルにある。最上階のレストランフロアでは、今日のような冬の寒い日も、暖房が効いていて長居ができる。視界を遮るものはなく、展望スペースからは生駒山辺りの灯りまで見えるから、金曜日の夜ともなると最上階はカップルでいっぱいだ。

そんな楽しげな最上階とは対照的に、俊一の働くフロアでは経費削減のために十九時以降は暖房が切られてしまうから、社員は膝掛けやコート、飲み物で暖《だん》を取るしかない。

俊一がドリンクコーナーでコーヒーを飲んでいるところへ、部下の島村啓太と高野恵美《めぐみ》がやって来た。島村は入社五年目、恵美は三年目だ。

自動販売機のボタンを押しながら、島村が俊一を見た。

「課長、残ってたんですね。姿が見えへんから、帰ったと思ってました」

「松井さんが今日中に僕の決済印が欲しいらしくてね。松井さん待ち」

「今日、金曜日ですよ。新幹線の時間、大丈夫なんですか？」心配そうな恵美から眼をそらして、俊一は頷いた。「うん、今週は東京に帰らない日だから大丈夫――」

「先週も帰ってませんでしたよね。私が入社した頃は二週間ごとに帰ってはったのに」

「期末は忙しくて余裕がないからね」と応じながら、よく覚えてるな、とヒヤッとする。けれど、それも道理だ。大阪に赴任してきたばかりの頃、自宅に戻る週末が近づくたびに「女の子が喜ぶ、大阪のお土産って何かな」と恵美たち女子社員に聞いて回っていたからだ。

島村が小声で「課長、もしかして、帰らへん理由でもあるんですか？　こっちに」と言いながら小指を立てたから、俊一は苦笑した。

恵美が呆れたように島村を見る。「島村さんと一緒にしたら、課長に失礼ですよ」

「高野は課長ん家《ち》のファンやからなぁ」と島村が苦笑した。

「ファン？　僕の家の？」思いがけない言葉を聞いて、俊一は眼をむいた。

「はい」と恵美が笑顔で頷いた。「課長のところみたいな、あったかい家族って理想なんです。遠く離れてても、奥さんや娘さんたちのこと気遣って、会える日ぃ楽しみにして」

あたたかい家族などではないし、楽しみにもしてないんだよ。思わず言ってしまいそうになった言葉を、寸前で止める。何も自分の家庭の恥を、年若い部下たちに言う必要はない。

「高野はいつ、理想の家庭つくる予定なん？」島村のからかいに、恵美は首を振った。

「予定なんてないですもん。というか、私、結婚自体、する資格がありませんから」

「え、なに？　何かあったん？」と詮索を始める島村に、恵美は笑った。

「何もありませんよ。単なる主義です、主義。独身を貫く主義」

尚も詮索しようとする島村を、「あ。北村商事に電話入れんと。今期の売上目標、まだ足りてないし」と笑顔でかわし、ドリンクコーナーから出て行った。

島村もコーヒーを飲み干した。「俺も若手に負けんと、もうひと頑張りしてきます」

フロアへ戻る島村を見送ると、俊一は手をのばして、窓のブラインドの隙間を少し広げた。数えきれないほどの光が眼下に散らばり、その光の中をＪＲや私鉄の列車が走っていく。

この夜景を見せるために、妻の理佐と、娘の真紀と真菜を連れてきたのは二年前だ。中学生と小学生だった娘たちは、展望スペースで賑やかな声をあげていたな、と懐かしく思う。

今から考えると想像もできないほど、仲のいい家族だった。恵美の言う通り、あの頃の自分たちは理想の家族そのものだったのに――。


俊一が東京本社から大阪支店に転勤になったのは、二年半前の春。長女の真紀が高校受験を控えていたこともあって、俊一は単身赴任を選び、二週間に一度は自宅に帰った。

妻と娘たちが大阪まで来てくれ、ミナミやキタや神戸で食事や観光を楽しんだこともあったけれど、娘たちの生活が忙しくなるにつれて、それはなくなってしまった。会話の中心である娘たちがいないと、夫と二人きりでいることが気づまりなのか、妻も足が遠のいた。

だから、三人に会うためには、俊一が東京に帰るしかないのだ。

帰るとホッとしていた多摩の自宅が、落ち着かない場所になったのは夏が過ぎた頃だ。冷蔵庫やテレビといった電化製品が買い替えの時期で、テレビに合わせてリビングボードが買い替えられ、カーテンや絨毯も変わった。あちこちに飾られた造花に「趣味が悪い」と文句を言おうと思ったら、妻が習い始めたプリザーブドフラワーの作品だった。

「造花じゃなくて、本物の花よ。すごいでしょ、切り花をこうやって専用の液で加工したら、十年以上ももつのよ」と理佐は得意そうだが、見慣れず、どうにも落ち着かない。

家にいる時間が長いのは彼女たちだから自由にさせようとは思ったけれど、あまりにも変わり過ぎると、「よその家」に泊まりにきている気持ちになってしまう。

おまけに、初めの頃は帰ると大歓迎されていたはずなのに、単身赴任が長くなるにつれて、歓迎どころか煙たがられるようになってしまっていた。

風呂上がりに野球を見ようと、缶ビール片手にリビングへ行くと、娘たちがテレビゲームをしたり、バラエティを見ていて、俊一が知らないアイドルに向かってキャアキャア騒いでいる。

昔は、と思わず渋い顔になる。テレビゲームは決まった時間以上はさせなかった。テレビにしても、俊一が「野球が見たい」と言うと、あっさりチャンネルを譲ってくれたものなのに。「自由にさせ過ぎじゃないのか」と理佐に苦言を呈《てい》すると、「あの子たちはもう高校生と中学生だもの」と言って、テニスが体感できるというテレビゲームに娘たちと興じてしまう。まるで彼女たちは母子というよりは三姉妹のようで、俊一には入る隙がない。

高校二年の長女に「そろそろ進路を考えないといけない時期だろ？　どんな仕事をしたいかということも考えに入れて、大学を選ばないとな——真紀はやりたい仕事はあるのか？」と尋ねると、煙たそうな顔で「ウザ」とだけ言って、部屋へ行ってしまった。

ウザいだって？——自分に向けられた言葉だとは信じられず、俊一は唖然とした。

来年高校受験の次女には、さらにきつく言ってしまう。

「真菜。いつまでもダラダラとゲームばっかりやってたら、後で後悔するぞ」

「うわ、後悔だってぇ。あたし、いっつも学年で十位以内なんですけどぉ？」と馬鹿にしたように言われ、頭に血がのぼるほど腹が立った。

「なんだ、その言い方は！」怒鳴ると、妻も次女もシラッとした顔で俊一を見つめた。

「うぜぇ」次女は吐き捨てるように言って、足音荒く二階へ行ってしまった。妻にも「頭ごなしに言っても、今の子はダメなのよ」と諭すように言われてしまい、「だからって、お友だち親子でいいわけがないだろう！」と怒鳴り返してしまった。

「怒鳴らなくてもいいでしょう？　私とあの娘《こ》たちはこれでうまくいってるのよ！　そもそも、私にすべて押しつけてるあなたに、そんなふうに言われる筋合いが――」と今度は妻が怒りだしたから、俊一は慌てて、二階の隅にある書斎に逃げ込んだ。

書斎と言っても、本棚とバス釣りの道具一式が収められている四畳ほどの部屋だけれど、俊一にとって癒しの場所だ。壁には釣竿を並べ、集めたルアーも専用ケースに飾っている。唯一変わらないこの部屋で過ごす時間が、何よりホッとする。

自分が異物になっていることに俊一は気づいていた。俊一が家にいることで生活リズムが崩れ、その崩れたことに対して、特に娘たちがイライラするようだったけれど、俊一も意地になって自分のペースを守ろうとした。

それでも、せっかく帰ってきたのに「ウザい」と言われるのもイヤだったから、俊一もできるだけ小言を言わないようにし、その代わり、恵美お勧めのお菓子を買って帰るようにした。「お父さんが帰ってくるのが嬉しくなる」作戦に切り替えたのだ。

しかし、この作戦はうまくいかなかった。「ダイエットしてるのに」「これ、明日までじゃん。食べきれないよ」と文句を言われてしまい、結局、俊一が一人で大半を食べるハメになるのだ。

恵美には食べてもらえなかったとは言えず、「この前教えてもらったスイーツ、すごく喜んでた。お父さん、意外とセンスいいねって褒められたよ」と嘘をついていた。外でだけでも

「家族から愛される、帰りを待ち望まれているお父さん」でいたかった。

困ったことに、俊一の報告を喜んだ恵美は、真紀や真菜のためにさらにいろいろな情報をくれた。以前は有難かった情報も、今は苦しい。

俊一は帰るたびに、以前と変わりゆく家族にどう接していいかわからなくなっていた。そうするとよけいに足が遠のく。二週間に一度帰っていたのが、一ヶ月に一度になり、二ヶ月に一度になり――ついに三ヶ月に一度になってしまった。

年末、三ヶ月振りに帰った俊一は仰天した。書斎が物置になっていたからだ。娘たちが弾かなくなったエレクトーンや季節ものの衣類、卒業アルバム、妻のプリザーブドフラワーが押し込められている。壁に掛けられていた釣竿も、ルアーのケースも見当たらなかった。

癒やしの場所は跡かたもない。この家の主に対して、この仕打ちか――俊一はカッとなった。

おまえたちがこの家で勝手にするなら、俺も勝手にするさ。俊一は元・書斎から妻や娘たちのものを手当たり次第、廊下に放り出し始めた。

激しい物音に驚いて、真紀が部屋から出てきた。「ちょっと、何してんのよ！」

「私のアルバム、投げないで！」真菜も怒鳴り、理佐も「ちょっと、それ、私の大事な作品なのよ！」と悲鳴をあげた。

「うるさい！　ここは俺の部屋だ！　俺の家だ！　文句を言うなら出て行け！」そう怒鳴ると、

六つの目がキッとこちらを向いた。出て行くなら「異物」であるおまえのほうだろう。そう言われている気がした。

全員が不機嫌なまま、年越しをし、俊一は三が日が終わると逃げるように大阪へ戻った。それ以来、自宅に帰る気が失《う》せてしまっている。

ゴールデンウィークが終わってすぐ、東京への出張があった。事業本部や役員たちへ売上分析の報告をする会議で、入社三年目になった恵美が勉強のためについてくることになった。

今晩は役員たちとの懇親会が入っているし、明日は土曜日だ。俊一が多摩の自宅に帰るものだと思っている恵美に、新大阪で「娘さんたちにお土産は買わないんですか？」と尋ねられたけれど、「今日は仕事がメインだからね」と誤魔化した。

自宅へ戻る気はなかった。自分を「異物」として吐き出そうとしている家に帰れるはずがない。懇親会が終わったら恵美を撒《ま》いて、ホテルに泊まるつもりだった。

恵美は本社で緊張し過ぎてしまい、パワーポイントを操るタイミングが発表者の俊一と合わず、落ち込んでいた。何事にも一生懸命な彼女にフォローの言葉をかけながら、二人の娘のことを考える。数年後、娘たちが社会に出た時に、恵美のように頑張れるだろうか。「ウザい」と言っている父親と同年代の上司や取引先の人たちと、うまくやれるのだろうか。目上の人たちに失礼な態度をとったり、社会で取り返しのつかない失敗をするのじゃないだろうか。

けれど、どれだけ思い巡らそうとも、今の俊一には娘たちのことに関して出る幕はないのだ。

懇親会が終わった後、方向音痴だと言う恵美を放り出すわけにもいかず、俊一は地下鉄で彼女が泊まるホテルの最寄駅まで送って行った。

立ち上がろうとする俊一に、「課長。これ」と恵美がボストンバッグの中から紙袋を取り出した。「すみません、袋、クシャクシャで……。これ、日持ちがするチーズケーキなんです」

新大阪で飲み物を買いに行った時に、一緒に買ったらしい。

「トースターであっためて食べたら美味しいんです。お嬢さんたちに絶対受けると思いますよ」

紙袋を手に俊一は途方にくれた。こんなものを貰っても困る。何故なら、家に帰るつもりはないのだから――。

素知らぬフリで礼を言って受け取ることはできた。以前と同じように、月曜日に会社であった時に「ケーキ、ありがとう。娘たち、喜んでたよ」と嘘をつくことだってできた。

けれど、手にした紙袋の重み――恵美の、理想の家族への思いに――耐え切れなかった。

「申し訳ないけど、家に帰るつもりはないんだ――」思い切って言ったら、手にした紙袋が少し軽くなった気がした。え？　と驚いている恵美に言う。

「実は家には帰りづらくて――正月に帰ったきりなんだ」

「そう、なんですか――」恵美が青ざめた顔で俊一を見つめる。自分が理想の家族と信じていたものが偽物だった、ということがショックだったようだ。

「そういうわけだから。気をつかわせて悪かった」小さな声で言って、彼女に紙袋を返す。乗り換えの地下鉄ホームへ向かうために歩き出すと、「課長！」と呼びとめられた。

「今日は家じゃなくて、どこかへ泊まりはるんですか？」

頷くと、「明日、東京見物、連れてってください」と言い出した。

面食らっている俊一が返事をする前に、「明日の朝九時にここまで来てくださいね」と言うと、彼女は足早に出口の階段へと消えてしまった。


部下からの強引過ぎる約束に困惑し、恵美の携帯に断りの電話を入れようかと思ったけれど、思いとどまった。急いで大阪へ帰ってもすることはないのだ。半日ぐらい付き合ってやるか、という気になった俊一は、翌朝、前日と同じ地下鉄のホームに行った。

恵美は、やって来た俊一を見て笑顔になった。

「よかったぁ。無理やり頼んだから、課長、来《き》はれへんかもって心配してました」と言う彼女は、「とりあえず、今日は原宿行きたいです、原宿！」と張り切っている。

原宿なんて何年も行ってないし、流行《はや》りの店も知らない。だいたい、若者の街じゃないか、とげんなりする。

原宿に行ったのは転勤する前——四年前だった。山手線の窓から景色を眺めながら、記憶を辿《たど》る。アイドルのグッズショップに行きたいと言う真紀と真菜に連れて来られたのだ。

父親＝財布だから、ショップの外で待っていればいいだろう。そう考えていた俊一を、娘たちは「お父さん、何してんの？　早く早く！」とショップに引っ張り込んだ。

女の子たちでごった返している店内で明らかに浮いている中年親父に、娘たちは「今ね、この人が人気あるんだよ」「この人たちは、最近、あんまりグループで活動してないんだけどね」とアイドルの情報をたくさん教えてくれた。チンプンカンプンだったけれど、父と情報を共有しようという気持ちが嬉しかった。

ショップを出た後はハンバーガーをランチにした。夏用のサンダルを三人で見に行き、アイスクリームショップでお茶をした。

娘たちはこういうものに夢中になるのか。こういう雰囲気の店に来たがるのか——すべてが新鮮だったし、アイドルグッズやアイス、サンダルを真剣に選ぶ目を見ていると、この子たちのために明日からも頑張るぞ、という気にさせられたものだ。

今はそんな気にまったくなれない。俊一は小さくため息をついた。

原宿でコインロッカーにバッグを押し込んだ恵美は、あの時の娘たちとは違い、明治神宮へ

玉砂利の長い道を歩き、本殿に参拝した後で神宮御苑へ向かう。いつもはかなりの行列らしいが、タイミングが良かったのか並ばずに入ることができた。

「井戸の写真を携帯の待ち受けにしたら、願い事が叶うんですって」そう言って恵美は携帯電話のカメラ設定に余念がない。俊一の携帯までカメラの設定をしてくれた。

井戸の前はさすがに行列ができていた。順番が来て、恵美が携帯を向けた井戸を、俊一はぼんやり眺める。

井戸は澄み切っていて、水面に映りこんだ新緑が風流だった。日常の垢にまみれているこの身がはずかしくなるような静謐《せいひつ》な情景に心が落ち着く。

「課長の携帯も貸してください。後ろの人に迷惑やから、早《は》よ！」

そう恵美に手をのばされて、慌ててポケットから引っ張り出した携帯を渡す。

さっき少し触っただけで操作を理解したのだろう。恵美は戸惑うことなく俊一の携帯を操作して、井戸を撮影すると、井戸に向かって丁寧に手を合わせて頭《こうべ》を垂れた。俊一もならう。

俺の願い事はなんだろう。元の家族に戻りますように、か？　家族が受け入れてくれますように、か？　こんな願い事ばかりで情けない。

場所を後ろの人に譲り、二人は元来た道を戻り始めた。ゆっくりと歩きながら、恵美が俊一の携帯を操作し、井戸を待ち受けにしてくれる。

「これで願い事、叶いますよ」

恵美から携帯を受け取った俊一は尋ねてみた。「高野くんは、何を願ったんだい？」

「島村さんより出世できますようにって」なるほど。俊一は頷いた。会社員として立派な願い事だ。そう感心していたら、「嘘です、嘘。出世なんて興味ありませんもん」と笑われた。

「ほんまは——生まれ変わったら、理想の家族になれますように、って」

そう言うと、恵美は足もとに視線を落とした。

俊一は息をのんだ。「生まれ変わったらって——」まさか自殺でも考えているのか。

顔をあげた恵美が俊一の表情に気づいて、クスッと笑った。

「あ、勘違いしてはるでしょう？　違《ちゃ》いますよ」

幾人もの人に追い抜かされながらも歩く速度を変えず、恵美は静かに話し始めた。

私の父、転勤族やったんです。全国各地を飛び回ってね、ちっとも家にいなかったんです。

最初は寂しかったけど、そんな生活が何年も続いたら、私も母も弟も……父がいてへん生活のほうが普通になって。父がたまに帰ってきたら「鬱陶しい」なんて思ってました。

新緑から洩れる陽光《ひかり》が、ゆっくりと歩く恵美の頭に降り注ぐ。

「失礼ですよね。せっかく家族のために働いて、一生懸命にお金稼いでくれてんのに。鬱陶しいなんて」今まさに、娘たちからそう言われている俊一には頷くことができなかった。

「父親ヅラせんといて！　普段の私、知らんくせに！　て、ひどいことばっかり言うてました」

恵美の言葉にドキッとする。真紀や真菜から「ウザい」と言われた時と同じように、胸に痛みが走った。会ったことがない恵美の父親もきっと辛かっただろう。

「寂しさとか照れの裏返しやったかもしれません。それやったら、父が帰って来た時にいろいろ話したらよかった。普段の私を知ってもろたらよかった」

恵美の口元が歪んだ。

「でも、できませんでした。高校生やった私は、子どもの時みたいに無邪気に話せなくて。話すことでいろいろ詮索されるのも、知ったふうなことを言われるのも腹が立って——父もそのうち、私たちのことを腫れものに触るみたいに扱って、何も言わなくなりました」

「でも、今はお父さんと普通に話せるんだろう？」

そうであって欲しかった。娘たちが恵美と同じように、数年後そう思ってくれるかもしれないという期待を込めて、彼女の答えを待つ。しかし、恵美は小さく首を振った。

「両親、離婚したんです。私も弟も、当然のように母について行ったから、父と話をする機会も無《の》うなって。父は私たちの学費を払い続けてくれてたんですけど、会いたいと言うてくることもなかったですね」

恵美は立ち止まると、頭上の新緑を仰ぎ見た。

「父は二年前に心筋梗塞で亡くなりました」

俊一は思わず立ち止った。恵美が新緑を見つめたまま言う。

「私はこの二年、父に怒ってました。もっと話しかけてくれたらよかったのにって。娘や息子と話すのに、なんで顔色窺ってたんよって。そのせいで、家族やなくなってしもたやんって」

それは、と俊一は心の中で呟いた。居場所がなくなるのが怖かったからだ。大事な家族の中に居場所をつくろうと、必死だったからだ。

言葉にはしなかった。そう考えている自分は、彼女の父親ではないから。彼の気持ちを想像はできても、勝手に代弁することなどできない。

風が吹き、頭上の新緑がザザッと揺れた。恵美が俊一に目を戻し、そして、俯いた。

「わかってるんです、ただの八つ当たりやって。それに、父以上に、自分に対してずっと怒ってました。なんで、父に労《いた》わりの言葉をかけてあげへんかったんやって。家族のために頑張ってきた父を、なんで一人にしてしもたんやって。自分に腹が立って、腹が立って——」

恵美の頬を涙が伝う。言葉をかけることもできず、俊一は黙ったまま恵美を見つめていた。

「せやから、こんな私は結婚して幸せな家庭を築く資格なんかあれへんって思うんです。結婚したとしても、ちょっとしたことで壊れたり、消えたりするん怖いし」

そんなに簡単に壊れたりしないよ――以前の俊一なら言えた言葉が、どうしても出てこない。

「課長の家族が理想やって言うたでしょ？」

頬の涙を掌で拭った恵美が、俊一を見つめた。

「うちの家族も課長のトコみたいになれたはずやのにって、羨ましかったんです。今度、父の娘になれるなら――課長の家族みたいに、お互いを思いやれるようにしたいなって」

胸も、耳も痛い。俊一は顔を伏せた。「嘘をついてて悪かった。でも、もう家に居場所がなくてね。気づまりで帰りたくないんだ」

恵美が力強く首を振る。「そんなことないと思いますけど。まだきっと間に合うと思います。課長のご家族に会《お》うたこともないのに、言うのも変ですけど……自分の希望ですけど」

本当に間に合うのだろうか。揺れる俊一の瞳を、涙で濡れる瞳が真っすぐ見据える。

「私は父のこと、憎かったわけ違うんです。娘さんたちもそうやと思いますよ。せやから、居心地悪うても諦めんと――なに言われても、気にせんと受け止めてあげてください。家族バラバラになってから――私みたいに、会えなくなってから後悔しても、遅いから」

恵美の顔に、真紀と真菜の顔が重なる。娘に言われている気持ちになる。俊一が頷くと、彼女はホッとした表情を浮かべた。

原宿駅のロッカーからバッグを引き出した恵美が、昨日の紙袋を、俊一に突き出す。

「これ。持って帰ってあげてください」今から自宅に帰れ、ということか。

居心地が悪くても、何を言われても——あの家にいられるだろうか。そんなに強い心を持てるだろうか。自信はなかったが、俊一は紙袋を受け取った。居場所がないことよりも、恵美の父のように、家族そのものを失うほうが怖かった。

「ウザいとかって言われるのも、結構キツイんだけどね」弱音を吐くと、恵美がいたずらっぽい目で俊一を見つめた。

「そしたら——お父さんはやっぱり家が、おまえたちの傍が一番落ち着くなぁって嘘でもええから言うてみてください」

信じてくれるかな、と首を傾げる俊一に、「違いますよ」と恵美が笑う。

「奥さんやお嬢さんたちに聞かせるための言葉やなしに——課長自身にそう言い聞かせてあげてください。暗示です、暗示」

「うまくいかなかったら、高野くんをまた失望させるな」そう言うと、彼女は首を振った。

「やってみな、分かりませんよ。けど、家族の手だけは離さんといてくださいね」

品川駅へ向かった恵美と別れて、俊一は多摩へ向かう電車に乗った。

急に帰ったら妻も娘たちも予定が狂うと怒るだろうな、と思うと気が重い。でも、怒られたり、ウザがられても、今は妻や娘たちの顔が見たかった。


案の定、玄関を開けた途端、「帰ってくるなら、連絡くれないと困るんだけど。ご飯、簡単なものにしようと思ってたのよ」と理佐には渋い顔をされた。それを見ないフリをして、「やっぱり家が落ち着くなぁ」と言ってみる。気持ちのこもっていない言葉が虚しく響いた。

と思ったら、妻がプッと噴き出した。「なぁに、いきなり。変なの」

妻の笑顔に戸惑いながら、俊一も少し照れる。変と言われても、悪い気分ではなかった。

けれど、妻がケーキの箱を開け、「紅茶入れるから、手を洗うついでにあの子たち、呼んできて。真菜の部屋にいるから」と言った時には憂鬱になった。娘たちの部屋へ行くのは気が進まない。歓迎されていないことを帰宅早々に再確認することになるとは——。

真菜の部屋の前で、「お父さんはやっぱり家が、おまえたちの傍が一番落ち着くなぁ」と呟いてみる。まるっきり棒読みだ。

ひどい言葉を投げつけられても気にしないぞ、と言い聞かせ、腹に力を込めてドアを開ける。

しばらく見ないうちに輪郭から子どもっぽさが消えた真紀と、ニキビが増えて顔が少し赤く

「ただいま。珍しいチーズケーキがあるから――」言いかけた俊一は、壁を見て息をのんだ。アイドルのポスターが貼られている壁に、俊一の釣竿がかけられていた。

「俺の釣竿……」捨てられたと思っていたのに、どうしてこんなところにあるんだ。

真菜が鼻を鳴らした。「あそこの部屋に入れっぱなしにしてると、埃まみれになるじゃん。こうやって出しとけば、掃除のついでに埃ぐらい払えるから」

窓際のチェストの上にはルアーのケースが置いてある。そのケースもきれいに磨かれていた。

俊一の視線に気づいた真菜が「そういうの、部屋にあると、ちょっとオシャレじゃん？」と言う。照れ隠しなのだろうか。俊一と目を合わそうとはしない。

「勘違いしないでよね。物置としてあの部屋を使うなら、お父さんのものをちゃんと保管するってお母さんと約束しただけなんだから」

ぶっきらぼうに言う真紀の部屋にも、俊一の大事な釣り道具は保管されているのだろう。頭に血がのぼり、彼女たちのものを乱暴に放り出した自分を思い出し、恥ずかしくなる。

なんだ、居場所はあるじゃないか。形は変わっても、接し方は変わっても、妻や娘たちは俺のことを考えていてくれるのだ。それが居場所があるってことじゃないのか。

やっと気づいた。変わっていく家族についていけず、自分がただ、怖気《おじけ》づいていただけなのだ。

「――お父さんはやっぱり家が、おまえたちの傍が一番落ち着くなぁ」

そう言うと、「はぁ？」「何言ってんの、きしょ」と娘たちには散々な言われようだったけれど、部屋に入る時と違い、本心から出た言葉は身体中にあたたかく広がっていく。

娘たちについて階段を下りながら、俊一は携帯電話を取り出した。井戸の待ち受けが表れる。今ならはっきりと願い事が思い浮かぶ。元の家族に戻りますように、ではなく――これからも家族が幸せでありつづけられますように、と。

俊一が戻りたいと思い描いていたものは、過去の一瞬を切り取っただけだ。当然ながら娘たちは成長する。彼女たちを取り巻く人間関係や環境も変わる。同じ家族の形や関係であり続けるわけがないのだ。けれど、どんな形であっても、家族が幸せでいられるならば、それでいい。

大阪へ戻ったら彼女に言おう――恵美の顔を思い出しながら、俊一は携帯をポケットに戻す。生まれ変わって、父親と家族をやり直すのではなく、これから彼女がつくる家庭で彼女が幸せになれば、亡くなったお父さんも幸せだと思うよ、と。

母の愛する庭

困った……そろそろお母さんを出発させないと特急に間に合わなくなっちゃう……。

「花穂《かほ》、怒らないから教えて、おばあちゃんのハンドバッグ、どこに隠したの？」

さっきから何度も私が聞いてるのに、娘の花穂はキュッと口を結んだまま答えない。リビングにあるローテーブルの横で正座したままじっと体を固めている。まもなく六歳になるが、平均よりやや小柄な花穂がこんな姿勢で居ると、ますます小さくみえる。やれやれと、私は内心ため息をついた。隣で同じく花穂を問い詰めている母をチラリと見ると、母は眉間に深いシワを寄せ厳しい顔で花穂を見ていた。せっかく予約した特急電車の指定席が無駄になりそうで、神経質な母は苛《いら》ついているに違いない。

今日は母が老人ホームに入居する日だ。老人ホームはここから特急に乗って一時間ほど行ったところにある。どうやら母がこの家を去ることを花穂は理解していなかったらしい。今朝、支度《したく》する母を見て、「ばぁばおでかけするの？」と呑気に聞いてきた。

「おでかけじゃないよ、ばぁばは今日、この家を出るんだよ」と母が、自分が老人ホームに入ることを説明すると、花穂は見る見るうちに顔を強張らせ、「どうして？　どうしてばぁば、出て行っちゃうの？」と慌て出した。

うちは夫婦共働きで、娘の花穂の面倒はずっと母が見てきた。母と花穂は我が家の２ＬＤＫのマンションの同じ部屋で暮らしてきた。生まれてからずっと一緒だったおばあちゃんが居なくなると知り、花穂はショックだったのだ。

「ばぁばいっちゃ嫌だぁ〜嫌だぁ〜」花穂は母の腰にしがみつき、涙と鼻水を垂らしながら泣き喚《わめ》いた。私と夫でなんとか宥めて泣き止ましたけど、それでも花穂は納得していなかったらしい。母の老人ホーム行きを阻止すべく、私たちが目を離した隙に、母のハンドバッグを隠してしまったのだ。

「花穂！　どこにやったの！」「おい、花穂、教えろ！」

慌てた私たちは必死に問い詰めたけど、花穂は頑として隠し場所を言わず、家中探してもハンドバッグは見つからなかった。そうこうするうちに夫の出勤のタイムリミットとなり、「悪い、後はよろしく」と夫は家を出てしまった。私は花穂の小学校入学の準備のため、元々仕事を休んでいたのだけれど、いつまでもこうしている訳にはいかない。困った……。

「花穂！　もうおばあちゃんは電車に乗らないといけないの、お願いだから教えて」

さっきから怒ったり優しくしたり、様々なバリエーションで聞くが、花穂は一向に折れる気配を見せない。

「全く、どうしてそんな強情なんだいっ？　あんたって子は困った子だね」ついに母も堪《たま》りかね、厳しい口調になった。それでも花穂は身をすくめるだけで、母に睨まれる中、正座の姿勢を貫いた。

普段は気が弱く、私や母が少し叱っただけですぐに泣いてごめんなさいする花穂なのに、随分強くなったものだと、私は妙なところで感心してしまう。

二人の根競べがしばらく続いた後、母は深くため息を吐いて言った。

「わかったよ、ばぁばの負けだよ。ばぁばはどこにも行かないよ」

「本当？」それを聞くと花穂はパッと顔を輝かせる。

「ああ、ずーっとここにいるよ」

「本当にホント？」

「ああ」

「やったぁやったぁ」勝利をもぎとった花穂は立ち上がり、母に抱きつきながら小躍りする。

「よし、じゃあ今から散歩に行くかい？」「うん！」母の誘いに花穂も笑顔で頷いた。

「ちょっとお母さん……」特急電車は？　ハンドバッグはどうするの？　戸惑う私を置いたま

ま、母と花穂はさっさと玄関に行き靴を履き始める。仕方なく私も二人の散歩について行った。

ついこの前まで寒さに震えていたのが嘘のように、三月の陽光はポカポカして心地いい。道端の雑草も産毛のような可愛らしい芽を覗かせていて、春の到来を感じさせる。うちは都心の通勤圏になっている駅から歩いて二十分ほどの住宅街で、ちょっと歩けば田んぼが見える中々自然豊かな所にある。

ピンと背筋を伸ばし、手を後ろに組みながら歩く母と、嬉しそうにその横で足を弾ませながら歩く花穂。私は二人の後ろをついて歩いていた。

母の趣味は散歩である。私が小さい頃から、母は時間を見つけては散歩に出かけていた。毎日同じ道を歩きながら時間の移ろいや季節の移り変わりを見ることが、何よりも楽しいという。それは無駄遣いが嫌いで堅実な母らしい趣味だと思った。花穂が生まれたころは花穂を背負いながら、そして歩けるようになってからはよちよち歩きの手をひきながら、母と花穂は毎日散歩に出かけていた。

しばらく歩くと、住宅街の一角に、壁を青いビニールシートで覆われた家が見えてきた。先日、この家で火事があり一階の台所部分が焼けてしまったのだ。母はその家を見ると、顔を歪ませた。そんな母を見て、私も胸を痛めた。火事の痕跡は私と母に嫌な記憶を蘇らせる。

六年前まで、母は父と公団アパートに住んでいた。その時、下の部屋が出したボヤで火事になり、逃げ遅れた父が亡くなったのだ。車で一時間ほどのところにある公団アパートに私が駆けつけると、敷地の芝生の上で呆然と焼けた部屋を見上げている母の姿があった。いつもきびきびと動き、しっかり者である母のこんな呆けた姿を見たのは、後にも先にもこの時だけだった。家財が全部焼け行くところがなくなった母を、当然、一人娘の私は引き取った。丁度花穂を出産した直後で、仕事を続けたかった私は、そのまま母に花穂の面倒をみてもらうことにしたのだ。

神経質で口うるさい母と暮らすことで、子育てや家事の手際の悪さを怒られることはあったけど、そこは親子だから難なくやっていくことが出来た。家主である夫には気を使っているようで、母は夫に対してはうるさく言わず、夫とも上手くいっていた。小波《さざなみ》程度のトラブルはあったものの、母との生活は概《おおむ》ね順調で、私はこのまま四人での生活がずっと続くものと思っていた。

それなのに……今年の春、花穂の小学校入学の準備に追われる中で、母は突然「老人ホームに入る」と言い出したのだ。思わぬことにキョトンとしている私と夫の前に、母は老人ホームのパンフレットを差し出した。

そのパンフレットの表紙には、イギリスの田舎町で見られるような花とハーブに囲まれた美しい庭の写真があった。このホームは美しいイングリッシュガーデンがあることが売りだったようだ。戸惑いながらパンフレットを見る私の横で、「終《つい》の棲家《すみか》はこういう綺麗な庭があるところに住みたかったんだ」と母は声を弾ませた。そして入居日までの手続きと日程が書かれた書類を広げた。よく見ると、その中にあった入居契約書は『お客様控え』と書かれていて、母の実印が押されていた。母は既に入居手続きを済ませていたのだ。つまりこれは相談ではなく、決定事項を告げただけだった。

母の突然の行動に、私は慌てた。

さすがに見もしない施設に母を預ける訳にはいかず、私は翌週の休みの日に、母と一緒にその老人ホームを訪れた。老人ホームは特急電車で一時間、さらにバスで二十分ほど揺られた南房総の山の麓にあった。

まず最初に目に飛び込んできたのは、やはり〝売り〟になっているイングリッシュガーデンだった。綺麗に剪定された背の低い生垣に囲まれた入口から、施設の玄関までゆるいカーブの石畳の道がひかれ、その両脇にはピンク色のゼラニウムが植えられていた。庭一面には芝生が敷き詰められ、ところどころにローズガーデンや、ハーブガーデンが自然ではあるが計算された美しさで配置されている。そしてそれらを鑑賞できるようにと、木製ベンチがいたるところに置いてあった。「この近くには花の市場に卸している花畑が沢山あって、散歩をするのも楽しいんですよ」英国調を意識してか、白いレースのエプロンをした職員の女性が、おっとりした口調で説明してくれた。そこはまさに母の理想の住処であった。

「ああいう所に住めるなんて夢みたいだねぇ」帰りの電車で、浮かれる姿など殆ど見せた事のない母がずっと頬を緩めていた。そんな母を見ていると、何で相談もせずに勝手に決めてしまったのか、急に行かれては困るなどとは、私も言えなくなっていた。でも花穂の事があったので、「母さん、老人ホームに入るのはもうちょっと後にできないかな……花穂だってこれから小学校に入ってまだまだ大変だと思うの。もう少し花穂の面倒を見てて欲しいんだけど……」と聞いてみた。

しかし母は「小学校に入れば学童保育があるから花穂も手がかからなくなるだろ」と、その頼みをキッパリと撥ね除けた。どうやら母は花穂が小学校に上がるのが一区切りと考えていたようだ。

もう母を引き止める術はなく、諦めた私は口をつぐんだ。そして特急電車の窓から、すっかり日が暮れ街灯だけが流れる暗い景色を眺めた。そうしながらふと私は、その窓に映る母の顔を見た。後ろで綺麗にまとめてある母の髪は、七十のわりに白髪が少ない。だけど痩せた顔には無数の皺とシミが刻まれ、疲れた感じの容貌がより年齢を上に見せている。母は今まで大病したことはないが、年相応に体のあちこちに不調が出始め、薬を手放せなくなっている。母だって少しずつ自分の残り時間を意識し始めているのだろう。憧れのイングリッシュガーデンでの暮らしは、そんな中での決断なのかもしれない。

そう思うと、私は母の老人ホーム行きを容認せざるを得なかった。

住宅街を抜け、まだ水を張っていない耕したばかりの田んぼが見えてくると、母と花穂はアスファルトの国道を逸れて、両脇に野草が生い茂るあぜ道を歩いた。花穂は道に伸びる草花を一つ一つ指差し、「あ、ばぁば、スミレだよ」「あれはミヤコワスレだよね」「このギザギザの葉っぱはヨモギでしょ?」と、母に確かめながら植物の名前を言っていった。母はそれを聞きながら、うんうんと頷く。きっと全部母が教えたのだろう。私が子供の頃と同じだった。

その時、背後から来た自転車にベルを鳴らされ、私は飛び上がった。母が振り返って私を見る。何も言わないけど、「ボーッとしてるんじゃないよ!」と怒りたそうな顔だった。私は気まずく首をすくめる。これがあるから、母との散歩は面倒なのだ。

私も子供の頃は母と一緒に散歩をして、今の花穂と同じように草花の名前を教えてもらっていた。だけど母は私が少しでも車道に出たり、不注意で自転車にぶつかりそうになると、「何やってんだい、ちゃんと周りを見て歩かないとダメだろ！」とすぐ説教が始まるため、私は母との散歩が次第に鬱陶しくなり、小学校高学年になる頃には一緒に行かなくなったのだ。呑気で何をやるにも要領の悪い私は、どちらかというと母よりものんびり屋だった父と気が合っていた。

「ばぁば、お花のかんむり作って」と、花穂は自分で摘んだシロツメクサやタンポポを差し出す。母はしゃがんでそれを受け取り、花穂の目の前で編み始めた。その様子を花穂は宝物でも見るようなキラキラした目で見ている。

今なら、私にだって分かる。母が口うるさいのは、私への愛情の深さからなのだ。そして、花穂もその事を良く分かっているから、口うるさいおばあちゃんになついているのだ。

「はいよ」母が花冠《はなかんむり》を花穂の頭に載せてあげると、花穂は「わぁいわぁい」と嬉しそうにぴょんぴょん飛び上がった。

母と花穂はまた歩き出し、私もついていった。あぜ道を抜け、古い住宅街がある入り組んだ道に入ると、タバコ屋の前で突然母と花穂が立ち止まった。二人ともその脇に伸びる路地裏を覗き込み何かを探している。

「どうしたの?」と私が聞くと、「ミケ、今日は来ないね」と花穂が呟いた。

「ミケ?」「うん、ミケ」私の問いに花穂が繰り返すと、

99のなみだ
涙がこころを癒す短篇小説集

ニンテンドーDS用ソフト
99のなみだ
http://99tears.namco-ch.net/
namco
株式会社バンダイナムコゲームス
© 2008 NBGI

「いつもここに野良の三毛猫がいてね、ちょっと遊んで帰るんだよ」と母が教えてくれた。

「え、花穂、猫に触れるようになったの？」私は驚いた。花穂は怖がりで、動物を見ただけで泣き出していたのだ。すると母はキッと私を見て、

「全く母親なのに何見てるんだかねぇ、そんなのとっくの昔だよ」と呆れた。

「すみません……」「本当にあんたは鈍いんだから……」母に呟かれ、私はポリポリと頭をかく。「トロい」「おっとりしている」と微妙に表現は変えられるが、母だけでなく夫や友人たちからも、私は度々この全く自慢にならない言葉を言われる。私自身には全然自覚がないのだが、人から見ると私はかなり「鈍感」なようだった。

花穂はにゃぁにゃぁと猫の泣きまねをして、母はチッチッと口を鳴らしながらミケを呼んだけど、ミケは姿を現さなかった。

「もう行こうかね」と母が言うと、花穂もコクリと頷いて「また明日、遊べばいいもんね」と言った。母は「そうだね」と言いながらも、少し遠い目をした。

古い住宅街を抜けると、私たちが住んでいる比較的新しい住宅地へと入っていった。ここら辺は広くまっすぐな道路が伸びていて、両脇には新築の一戸建てが並んでいる。新しい庭を持ち張り切っているのだろう。どの家の庭も競うように綺麗に手入れされていた。その美しい庭たちは道からも良く見え、母はそれを一つ一つ眺めながら目を細める。

そんな母を見ながら私はふと思った。公団やマンション住まいしかしてこなかった母は、庭のある生活に憧れていたのではないだろうか。日々、散歩をして草花を眺め、猫を可愛がるのは、庭を持てない生活の代わりなのかもしれない。そんな母だから、最後は庭のある暮らしがしたかったのだ。それは私たち家族と離れてでも、母が欲しかった生活なのだろう……。

散歩から戻ると、近所の小学校からお昼を告げるチャイムが鳴った。私は家にあったもので簡単な昼食を作り、三人で食べた。母は食事を終えると、「さ、昼寝しようかね」と花穂を連れて部屋に入り、布団を広げ始めた。昼寝を促す母を花穂は上目遣いに見て「ばぁばも一緒に寝よう」と言った。「ああ、そうだね、一緒に寝ようかね」と、母は花穂の隣に寝転んだ。花穂はそれで安心したようで、母に体をリズミカルにポンポンと叩かれながら、眠りに落ちた。

結局、ハンドバッグの隠し場所はわからなかった。

「じゃ、行こうかね」花穂が熟睡したのを確認すると、母はスッと立ち上がった。「え、ハンドバッグは?」と私が驚くと、母はしっと口に指を充てて黙るように言い、簡単に身支度を済ませると、玄関に向かった。私は慌ててついていった。

母はマンションの一階まで降りると、北側にある駐輪場に向かった。百世帯以上が入居しているこのマンションには屋根のついたわりと広い駐輪場があった。その一番隅には住人が共同で使える物置が三つ並んでいる。母は右にある物置の前に行き、扉を開けると、一番下の棚に手を突っ込んだ。するとそこから母の黒革のハンドバッグが出てきた。

「どうして分かったの？」私が驚いて聞くと、

「花穂の隠し場所っていったらここなんだよ。この前、宝探しごっこをした時もここに隠していたからね」母は事も無げに言う。母は最初から花穂の隠し場所なんてお見通しだったのだ。私なんかより、母は花穂の成長を毎日見ていて、遥かに花穂のことを知っていたのだ。

「そうなんだ、すごいね、お母さん」と私が感心すると、「あんたも、忙しいのはわかるけど、もうちょっと花穂の事、見てあげなきゃだめだよ」と母に言われ、私はムッとした。確かに私は何につけても「鈍感」で、母親として花穂の事を知らな過ぎているかもしれない。だけど不器用な私は日々の仕事や家事をこなすのが精一杯で余裕がないのだ。その私を置いて、勝手に老人ホームに行ってしまう母に、そんな事を言われるのはなんだか身勝手な気がした。

　私の不愉快な気持ちに気づかない母は、鞄についた埃をハンカチで丁寧に拭くと、腕時計を見て「この時間だと何時の特急があるかね……」と呟いた。

「ね、お母さん……やっぱりうちに残らない？」私や花穂にはまだまだ母が必要だと改めて思い、私は聞いてみた。

しかし母はキッと目を吊り上げ、「冗談じゃないよ、私には私の人生があるんだ。もう私に頼らず、自分でしっかりやりなさい」とピシャリと言って、背中を向けて歩き出した。荷物は既に送ってしまっていたので、ハンドバッグさえあればもう大丈夫なのだ。

「待って、私も、見送りに行く」私はついて行こうとしたけど、母は「いいよ、最後の別れでもないんだし。花穂が起きたとき、誰も居ないと不安になるだろ、ほら、家に戻りな」と手で払い、さっさと歩いて行ってしまった。

取り付く島が無い、あっけない別れだった。それがまた母らしくはあるが……。

私はトボトボとマンションに戻った。部屋を覗くと花穂はまだスヤスヤと眠っていた。

私はキッチンに行って、昼食の後片付けをした。なかなか落ちないフライパンの焦げ目をスポンジで擦りながら、私は母の事を考えた。母が今日、特急の予約を諦めてでも花穂に騙されたふりをしていたのは、花穂と離れ難かったからではないだろうか。母はきっと、ハンドバッグを隠してまで自分と離れるのを嫌がった花穂を見て、嬉しかったに違いない。だから出発を遅らせてでも、花穂との時間を作ったのだ。それなら家に残ればいいのに……母にとっては花穂よりもイングリッシュガーデンのほうが大事なのだろうか……。

私は胸にもやもやしたものが残った。

洗いものが終わって生ゴミを纏めていると、キッチンの床に置いてあるゴミ袋に目がいった。それは荷物を整理した母が纏めたもので、半透明のゴミ袋の中には家電のパンフレットらしいものが沢山入っていた。母は家電でも買うつもりだったのだろうか。でも堅実で無駄遣いが嫌いな母は、家電にも全く興味が無かった。テレビはフリーマーケットで見つけたブラウン管テレビを愛用していたし、音楽を聴くのも押入れにあった古いラジカセを引っ張り出して使っていた。そんな母が家電のパンフレットを集めていたなんて、ちょっと意外な気がした。

午後の日差しが窓から伸びてきて、花穂が眩しがると思い、私はカーテンを閉めようと花穂の部屋に入った。すると、部屋の隅にある折りたたみ式のテーブルの上に、白い封筒が置いてあるのに気付いた。中を見ると数万円のお金が入っていて、一緒に入っていた手紙に母の字で『花穂の学習机を買ってください』と書いてあった。私はその書き置きを見てドキリとした。もしかして、母は私たちの話を聞いていたのではないだろうか……。

「ね、なんとかならないかな」「うーん……」

去年の暮れ、母と花穂が寝た後、私は夫と一緒に貯金通帳と給与明細を睨みながら電卓を叩いていた。家族の今後のことについて相談していたのだ。

私たちの２ＬＤＫのマンションは、結婚したとき、お互いが頭金を出し合って買ったものだった。でも今となっては、家族が住むのにかなり手狭になっていた。花穂が小学校に上がったら、母と同じ部屋では何かと不便だろうし、このままだと学習机も置けない。そして私は、正直、子供ももう一人くらい欲しかった。

一戸建てか、もっと広いマンションを買えないものかと二人で話し合っていたのだけれど、この不況で運送会社で働く夫の収入は半減し、私が働く小さな設計事務所も給料は上がらず、このマンションのローンを払うのが精一杯で、とてもじゃないが新しい家は無理だった。

「やっぱりしばらくはここで我慢するしかないな」夫は申し訳なさそうに言い、私も「そうだね」と肩を落とした。

私はハッと閃き、キッチンに戻り、母が纏めたゴミ袋を開けた。中に入っていた家電のパンフレットを取り出して見てみると、それは全てビデオカメラのものだった。そのパンフレットの一つ一つに付箋が張ってあり、機能仕様の欄には、マメな母のチェックや書き込みが入っていた。パンフレットの一つには、ビデオカメラを持った母親が、小学校に入学する子供と並ぶ写真が載っている。母は花穂の小学校入学を機にビデオカメラを買うつもりだったのだ。つまりそれは、花穂の傍で一緒にイベントを送り、その記録を残していくつもりだったのだ……。

私は慌てて玄関に行って靴をはき、外に飛び出た。

私は今になって気づいた。

母は本当は、家を出たくなかったのだ。だけど私たちのために出て行く事を決めたのだ。自由に使える部屋を花穂に提供するために、家族の生活設計を希望通りにさせるために……。イングリッシュガーデンは私を納得させるためのカムフラージュだったのだ。今日、花穂に騙されたふりをして出発を遅らせたのは、母の行きたくないという本心がそうさせたのだ……。

何故母の行動を見て、その断腸の思いに気づいてやれなかったのだろう。私は何て馬鹿な娘なんだろう……。

新興住宅街のまっすぐに伸びた道を全速で走りながら、私は自分の鈍さを呪った。

母はすぐに見つかった。どうやらミケが居たらしく、母は路地裏に面した道路で、しゃがんでミケを撫でていた。私は声をかけようとしてハッとした。母はミケを愛おしそうに撫でながら、口をギュッと結び、目に涙を浮かべているように見えた。

「お母さんっ！」私が走り寄ると、母は慌てて手の甲で頬を拭うしぐさをして、「なんだい、見送りはいらないって言ったろ」とまたいつもの母に戻った。

「お母さん行かないで」私が言うと、母は呆れたように見て「なに甘えた事言ってるんだい」と、さっさと歩き出した。私はその腕を掴み「お母さん、行っちゃ嫌だぁ！」と子供のように叫んだ。母はびっくりして振り返る。

「ごめんね、お母さん……」私はポロポロと涙をこぼした。


私は何もしてあげられない。

私が今まで花穂を何の不安もなく育てられたのは、呑気な性格だったからじゃない。母がいてくれたからだ。花穂のおむつが中々取れなかったり、おしゃべりが遅かったり、夜中の発熱を不安に思わなかったのは、母がいてくれたからなのだ。あれこれ文句を言いながらも母は私のために何でもやってくれた。子供の時からずっと。私が鈍感なのは、母の深い愛情に包まれていたからだ。母に愛され、心底安心して生きてこれたから、身の回りの不安に気づかずにいられたのだ。そこまで愛してもらった母に、私は何も返せず、追い出す事になってしまう……。


「お母さん、私たちのために出て行くんでしょ?」私が聞くと、母は一瞬絶句した。その表情を見て私はますます涙が溢れた。

「ごめんね。ダメな娘でごめんね。私、お母さんに、何もしてあげられない。庭のある家も買ってあげられない……情けない娘だね、ごめんね……」私はとめどなく流れる涙を両手で拭いながら、子供のようにワンワン泣き続けた。

すると、「馬鹿な事言ってんじゃないよっ！」と、母が大声を張り上げた。

びっくりした私が顔を上げると、厳しい顔で私を見ていた母が、フッと表情を和らげた。

「……あんたは十分に親孝行だ」母は私の頭を優しく撫でて言った。

「あんたはあんないい子を産んでくれた。しっかり家庭を築いているところを見せてくれた。親にとってそれ以上の親孝行はないよ」

「お母さん……」私が見つめると、母の優しい目が潤んできた。

「あんたはダメじゃない、親孝行な娘だ」母はもう一度、念を押すように言うと、「じゃあね」と、涙を隠すようにさっと背中を向けて歩き出した。

背筋をピンと伸ばし、まっすぐ前を向いて歩く母のその肩は、心なしか震えているように見えた。私はその後ろ姿をずっと見つめながら、強く思った。

今夜、すぐに夫と相談しよう。多少遠くても交通の便が悪くても古くても構わないから、母と、家族で住める家を探そう。母が本当に欲しい庭は一軒家の庭でもなく、イングリッシュガーデンでもない。家族と暮らせる場所さえあれば、散歩道で十分なのだから。

必ず家を見つけて、近いうちに母を迎えに行こう。

母の小さくなる背中を見つめながら、私はそう心に誓った。

小さなパン屋のヒーロー

それは四月下旬の日曜日、親父が焼いた手作りパンで昼食を取っているときのことだった。

「父さん、今年の秋には、パン屋になるからな」

厨房機器メーカーの一社員である親父が突然、俺たち家族の前でパン屋開業を宣言した。

受験に失敗し、地元の私立高校に入学してまだ間もない俺は、混乱しながら親父に尋ねた。

「え、でも、パン屋になるって……会社は？」

「辞めるんだ。辞めてパン屋の研修センターに通う。申し込みも、もう済ませてある」

そう言って食卓の脇に置いてあった研修センターとやらのパンフを顎で示す。内容に目を走らせ、短期間でパン屋開業を目指す為の学校だと分かると俺は遅ればせながら唖然とした。

おいおい、マジかよ親父。四十六にもなって、なに言っちゃってんの……？

得体の知れない不安が一挙に押し寄せ、俺たちの学費や生活はどうなるんだと尋ねると、

「大丈夫だ。その辺は、ちゃんと考えてある。子供は金の心配なんてするな」

ウチは金の心配がいらないほど裕福なわけではない。そんな軽い気持ちで自営業なんて始めたら遠からず生活が行き詰まることは、偏差値の低い高校しか入れなかった俺でも分かる。厨房機器の扱いに覚えはあるのだろう。でも、ずっと会社員で、ただ趣味でパンを作ってきただけの親父が、なんで今さらパン屋なんだと尋ねたらカッコつけたのか冗談なのか知らないが、

「それはな、そこに夢があるからだ。夢という頂きに登りつめるのが男の浪漫だからだ」

柄にもなく芝居がかった調子でそう言って豪快に笑ってみせるが、こっちは何も笑えない。

けれども、そんな俺とは対照的に小学四年生の那美《なみ》は、無邪気に歓声など上げて、

「お父さん、カッコいいよ！　ウチがパン屋なんて夢みたいでワクワクしちゃうね！」

「ばか、自営業なんて、そんな簡単に上手くいくかよ。パン屋なんて俺は反対だからな」

俺は強気にそう言って、日頃から横柄な親父には勿体ないくらいしっかりしている母さんにも援護を求めた。でも母さんは、うーんと困ったように苦笑いをすると、

「確かに色々と怖いし、最初はお母さんも反対だったの。でも、お父さん、本気みたいだし。パン屋にならなきゃ一生後悔するんだって涙目で訴えられちゃ仕方ないかなって」

妹の那美は、すかさず「えー、お父さん泣いちゃったのー」などと囃したてる声を出した。

でも親父は、それには答えず、真剣な顔になると有無を言わさぬ調子で俺たちに言った。

「そういうわけだから、お前たちは何も心配しないで、父さんに付いてきなさい」

その後も開業には反対だと俺は親父に言い募った。それでも親父は決して聞く耳を持たず、せっせとパンの試作を重ねては俺たちに意見を求めるばかりだった。

確かに、いかつい顔つきに似合わず昔からパンを作るのが得意な親父ではあった。休日は毎週、親父の焼いた様々なパンを食べるのが物心ついたときからの習慣だ。とりわけ妹の那美は、親父の焼いた蜂蜜デニッシュがお気に入りで「お父さんなら日本一のパン屋になれるよ！」としょっちゅう無責任なことを言っては親父を増長させるばかりだった。事実、親父の作るパンの味は、下手な店より美味く感じることも少なくない。でも、いざ商売としてやるとなれば話は別だ。そんな道楽みたいな気持ちで町のパン屋が勤まるとはとても思えない。

そんな俺の思いを知ってか知らずか、やがて親父は会社を辞めて二ヶ月間、研修センターへ通い詰めると、いよいよ開業準備に奔走し、自宅から徒歩十五分ほどの場所に条件にあった物件を探し当てた。商圏調査や商品開発、資金繰りの目処もつき、新規開店の為の改装工事を翌日に控えたある日、親父の暴挙とも言える開業に不安はないのかと俺は母さんに訴えた。

「そりゃ不安が無いって言ったら嘘になるけど。でも、お父さんね、小さい頃、よく家族でパン屋に行ったとき、いつか自分もこんな店を出したいって思ってたんだって」

それは知っている。小学校の卒業文集で『将来の夢』という作文を書く際、親父の文集を見せてもらった。へりがボロボロになった卒業文集の親父が記したページには将来、みんなを幸せにするパン屋を開きたいという夢が、小学生らしい伸び伸びとした文字で記されていた。

「お父さん、昔からの夢を叶えたいのよ。だから応援してあげようって、お母さん決めたの」

だけど、いい大人が夢なんてと釈然としない気持ちでいると親父が現れ、俺に言った。

「昌司《まさし》、明日ちょっと付き合ってくれよ。いつかやったカメラあるんだろ？」

聞けば、明日から始まる工事の過程を開業記念に残したいから俺に撮影を任せるという。でも俺は断った。昔、誕生日にもらったビデオカメラも、ろくに使わないままクローゼットのずっと奥だし、親父の身勝手に付き合う必要はないと思ったから俺は親父に言ってやった。

「パン屋目指すのは親父の勝手だけどさ。でも、こっちには絶対、迷惑かけんなよな」

いつもの親父なら、口の利き方が悪いだの親父という呼び方はいい加減やめろだのと怒り出していたことだろう。でも親父は「大丈夫だ。俺に任せろ」と不敵な笑みをうかべて言うので、俺は親父を何か気味悪く感じて自分の部屋へ戻った。どうせ無理に決まってるのに今さらパン屋を目指すだなんて。そう思ったけれど親父の自信満々な笑みを思い返すと、どうにも気持ちが落ち着かず、なかなか寝付くことができなかった。

秋が近づいた頃、パン生地を発酵や成形するホイロやミニモルダーといった厨房機器も搬入され、ついに店は完成した。当面は主に親父がパン作りを、母さんが接客・販売を行う十畳足らずの店の名前は「フェリチタ」に決まった。イタリア語で「幸せ」という意味だそうだ。

オープンを翌日に控えた日の午後、親父はフェリチタの前に俺と那美と母さんを集めると、自分に言い聞かせるように言った。

「まずは日商十五万だ。日商十五万。やればできる。大丈夫」

「お父さんのパン、美味しいから。あっという間に日本一のパン屋になっちゃうよ！」

そう言って那美が腕にすがりつくと、親父は力強く頷いた。

「はいはい。まずはオープニングセールでしょ。悪いけど今日は、あんたたちも手伝ってね」

母さんが俺と那美に注文を出したのをきっかけに親父は、ひとつ深呼吸すると宣言した。

「御近所にパンも配ったし、準備だってバッチリだ。大丈夫。明日からウチの店は、お客さんで賑わって大忙しだぞ。父さん、お前たちを日本一のパン屋の家族にしてやるからな！」

那美は「やったー」と明るい声を出して万歳した。でも俺は期待より、そんな簡単に上手くいくはずがないという気持ちが先行して、とても笑う気になどなれなかった。


オープン初日、俺の心配をよそに店には大勢のお客が詰め掛けて、週末二日間にわたるセールはひとまず成功をおさめたと、せめてそれくらいは言いたいところだ。でも実際、親父の店は初日から今ひとつの客入りで、三ヶ月目には早くも閑古鳥が鳴く状況に陥った。

「大丈夫。心配するな。こういうときこそ地道に続けていくのが大事なんだ。もう少し辛抱強く周知していけば必ず、お客さんの足も向いてくるはずだ」

親父は、そんなことを言っていたけれど、いつまで経っても売上げは上がらず家には毎日、売れ残りのパンが山のように持ち帰られた。那美は色とりどりの調理パンを前に目を丸くして「わー、パンの楽園だ。パン食べ放題カーニバルだ！」などと喜び、最初こそ幸せそうにパクついていた。けれど毎日のように朝昼晩と食べ続ければ、さすがに飽きて、食べても食べても減らない冷蔵庫いっぱいのパンから虚ろに目をそらすのが常だった。

もちろん経営状態が思わしくない間、親父や母さんが無策で過ごしていたわけではない。サービスデーや季節のフェアを開催したり、地道にポスティングしたり、新商品を投入したり、時には役所やオフィス街で出張販売したりと様々な手を打ったようだ。家族総出でチラシを配って呼び込みをしたこともある。それでも客足は大して変わらないまま年が明けた。

こうなって考えてみれば敗因は、いくらでも挙げることができるだろう。例えば店の立地だ。フェリチタは商店街の通り沿いではなく、一本路地を入った少し落ち着いた場所にある。といっても通りから目に入る場所だし、住宅街も近いから親父の当初の計画では「路地裏にある隠れた名店」ということになって充分、集客できるはずだった。町の人に話を聞いた感触でも、総務庁統計局の「パン・調理パンの商圏内支出額調査例」から近隣の消費量を試算しても、それは確実だったそうだ。ところが蓋を開けてみれば、どんなに一生懸命、呼び込みをしても無駄だった。路地の奥を一瞥するだけで興味無さげに素通りしていく通行人たちを見ながら俺は思った。どうしてこんな場所に店を出したんだと。大体、表通りの方が人が集まるのは明らかなのに。憤る気持ちを抑えられなくて母さんに訴えたら、予算上の都合で表通りは無理だったのだという。ならどうしてパン屋なんて始めるんだと思ったけれど、慣れない仕事で疲れている母さんを見ていたら気の毒に思えて何も言えなかった。替わりに沸いてきたのは計画を立てた親父への強い不満だ。店を始めてからというもの、親父が毎日早朝に家を出て、帰りが遅いことに那美も不満を募らせていた。店の立て直しの為か親父は定休日も働くことが多かったから団欒の時間も減り、いつの間にか家の中にはギスギスした空気が充満していた。

それは試験期間で早帰りになった日のことだ。高校の友人たちと帰っていると「なんだあれ」と一人が通りの向こう側にある役所の前を指差した。そこには白衣姿でパンの出張販売に来ている親父の姿があった。親父は歩いてきた役所の職員らしき女性たちに威勢よく声をかけた。でも親父が嫌そうに無視され素通りされると、友人の一人が「悲惨だなー」と言うので、俺の親父とは知らず皆はいちように爆笑した。そして、やれ不況だ、やれ将来は役所勤めが最強だと盛り上がって再び帰路をたどっていくので俺は振り向いて親父を見た。親父はめげずに他の通行人にも声をかけていた。それでも誰かが足を止める様子はなくて俺は一人、胸が詰まった。

その晩、親父は帰宅するなり俺に新聞記事の切り抜きを示してみせた。

それは高校生と大学生を対象に行われている「学生映像コンテスト」の告知だった。

「父さん、ひらめいたんだけどな、お前、ウチの店、使って映画でも撮ったらいいじゃないか。それで賞でも貰えば店の宣伝にもなるし、売上げだって上がるかもしれないだろ?」

何を言い出すかと思えば、子供にまで頼り始めるとは。出張販売も上手くいかず思いあまっての提案かと考えると俺は暗澹《あんたん》たる気持ちになって親父に意見した。

「店、始める前、俺、言ったよな? こっちに迷惑は掛けんなってさ」

「無理にやれって言ってんじゃないよ。でも、お前、映画撮るの得意じゃないか」

「別に得意とかじゃねえし。下手の横好きでやったって、赤っ恥かくだけなんだよ」

俺が皮肉を込めて反論すると母さんが「昌司」と俺をたしなめた。親父も俺の態度に少し面食らったような表情だ。それでも俺は親父への批判を弛めなかった。

「親父もさ、もうどうせ無理なんだから、傷が浅いうちにやめた方がいいんじゃねえの」

「お前はな、そうやって無理だ無理だって言ってるから、何でも無理になっちまうんだ」

その言葉に俺はカッとなった。胸の中に渦巻いた苛立ちを俺は親父に丸ごとぶつけた。

「親父こそ勘違いしてるだけだろうが。どうせ無理なのに夢見てんじゃねーよ」

「無理じゃない!」

親父は不意に怒声をあげると俺を静かに睨みつけた。

「店を始める前、絶対、繁盛店にしてやるって決めたんだ。だから俺は絶対にやる」

搾り出すようにそれだけ言うと親父は、いたたまれなくなったのか部屋から出て行った。


それ以来、俺は、まったく親父と口を聞かなくなった。

そもそも親父は朝、俺や那美が起きる頃には家にいないし、帰りも遅いことが増えたので、とっとと自分の部屋に入ってしまえば、もう顔を合わせることすら滅多にない。俺に呆れたのか気遣ったのか知らないが那美も母さんも俺の前では、ほとんど店の話をしなくなった。でも俺は間違ったことは言っていない。親父は、どんな聞こえのいいことを言ったって計画通りの売上げを達成できていないのだ。世間の人だって親父の状況を知れば、そら見たことか、いい年して妙なことをするから路頭に迷うんだと後ろ指をさすに決まっている。とにかく今の状態が続けば早晩、店は行き詰まる。そうなれば親父だって、きっと自分の間違いを認めるだろう。

あるとき母さんが、募集締切の過ぎた「学生映像コンテスト」の切抜きを冷蔵庫から取り、捨てていいのかと俺に尋ねた。いいよと答えると、母さんは溜息がちに質問した。

「あんた、なんで映画やめちゃったの？　前は、あんな楽しそうに撮ってたのに」

すると、テレビドラマを見ていた那美が面白がって横から口を挟んでくる。

「お兄ちゃん、自分のダメさにゼツボーしたんだよ。だから毎日つまんなそーなんだよね？」

「ちげーよ。単純に興味が無くなっただけ」

将来の夢は女優だという那美は「撮るなら私が主演してあげるのに」などと身の程知らずなことを言っては再びドラマを見始める。やれやれと俺が呆れていると母さんが言った。

「だったら昌司も、また何かやりたいこと見つかるといいね」

反論したい気持ちもあった。でも面倒だったので俺は「そうだね」と流しておいた。


俺が映画を撮り始めたのは小学五年生のときだった。

きっかけは、親父が家族の思い出を撮影する為、使っていたホームビデオだ。アナログ人間の親父に代わり撮影をしているうち俺は、ふと四コマ漫画みたいな寸劇仕立てで撮ったら面白いんじゃないかとひらめいた。そうして最初に作ったのは小学校の友人たちと「ごっこ遊び」の延長で撮っただけの一分ほどの映像集だ。でも、それは思う以上に家族の好評を博した。

「がんばったな昌司。お前は将来、映画監督になれるな」

そんな親父の言葉に気を良くした俺は、その後も映画と呼ぶには憚《はばか》られるような短い映像集を作っては家族や友人に公開した。そして小学六年生のとき、脇役で那美や母さんや俺自身も出演し、親父を主演にして映画を撮った。俺は恥ずかしがる両親と暴走気味の那美に演技指導して、二日かけて五分足らずの作品を撮り上げた。地球侵略の為、宇宙から飛来したぬいぐるみ製の怪獣を親父がヒーローに変身してやっつけて、誘拐された家族を救出し、最後はみんなで焼きたてパンを食べるという他愛ない内容だ。出来栄えだって今考えると、ひどかった。でも俺は得意になって、その映画をディスクに焼いて親父の誕生日にプレゼントした。さぞウケるだろうとワクワクしながら完成した映画を家族で見て反応を窺うと、なぜか親父は涙ぐんでいた。そして少し落ち着くと親父は俺を褒め、映画を撮っている理由を尋ねた。

「前もお父さんが褒めてくれたし……将来、映画監督になりたいから」

そう打ち明けると、親父は感激した様子で「お前ならできる」と俺の頭をゴシゴシ撫でた。

そんなことがあって自信を深めた俺は中学になってからも気の合う友人たちと共に映画を撮った。当時の俺は将来の夢を誰憚ることなく公言していた。でも中学生で映画を撮っているなんて奴は珍しかったから俺は一部の男子たちから、やっかみを受けた。俺が嫌がらせされるようになると、撮影に協力してくれていた友人たちも日に日に減った。それでも文化祭で映画上映を目指そうと何とか撮影を続行していた中二の秋、多くの生徒で賑わう昼休みの教室の真ん中で、もう名前も思い出したくもない同じクラスのあいつは言った。

「昌司ってさ、吉野のこと好きだから出演させてんだろ？」

別クラスの女子である吉野を交え、俺が仲間たちと撮影の打ち合わせをしているときだった。

「好きな女、ビデオで撮り回してるなんて、やっぱ、お前って、ヘンタイだな」

あいつの取り巻きたちも吉野が不安になるような下卑たことを根拠なく言い散らかした。馬鹿にされたまま黙っているわけにはいかない。俺は必死に言い返した。でも、そんな俺の態度が火に油を注いだらしい。あいつは俺を床へ引き倒し、締め技をかけた。力の差は圧倒的で、どうにもならなかった。しかも、みっともないことに、クラスメートたちの前で痛めつけられ笑われても抵抗できない屈辱感と恐怖のあまり、俺は泣いてしまったのだ。

醜態をさらし、クラス中の人間に見くびられた気がした俺は、これまで自然に接していた仲間に対する態度もぎこちなくなってしまった。撮影を巡ってのささいな意見の違いで口論が増えると、吉野は俺に愛想を尽かして役を降り、仲間たちも映画の完成を待たず去っていった。

「何が映画監督だよ。どうせ無理なんだから付き合わせんな」という言葉を残して。

そのとき、俺は学んだのだ。現実は映画のようには上手くいかないと。

もう人から馬鹿にされるのも恥をかくのも御免だった。だから映画もやめたし、親父が誕生日にくれた新しいビデオカメラも無駄にした。どうせ、いつかはみんな子供みたいに夢見ることをやめるのだ。それに夢なんて持っても苦労するだけだし、叶うはずもないのだから。

そうして親父との関係は改善されることもないまま春になり、俺は高校二年になった。

進路の話もチラホラ囁かれてくる頃だ。でも俺はまったく興味が持てなかった。ただ親父のように妙な夢を持ったりせず、普通に生きていければそれでいい。那美にはつまんないと言われそうだけど、俺のような凡人は高望みなどせず現実的に生きていくのが賢明なのだ。

そう考えて過ごしていたある日、俺は学校で女子生徒が噂しているのを耳にした。

「そのパン屋のクロワッサン、すごく美味しいの。路地裏にあるのに、お客さんもいっぱいで店長さんも感じがよくって。店の名前も可愛くてね。ベーカリー・フェリチタっていうの」

事の真偽が気になって放課後、半年ぶりに店の近くまで行ってみる。

遠くから用心して覗いてみると意外なことに、ガラス越しの店内には楽しそうにパンを選んでいる客の姿が数組見えた。母と幼児の親子連れにスーツ姿の若い男性、老齢の婦人も数名いる。勿論、以前だって全く客が来ていなかったわけではない。たまたま客がいる時間なんだろうと思って去ろうとすると、エプロン姿で店内の棚にパンを並べていた那美と目が合った。気まずい俺は慌てて逃げた。けれど夜、帰宅した那美は母さんと共にニヤニヤしながら「お兄ちゃん、仲間に入れてほしいの？」と言うので俺はすぐさま否定した。

「大体、那美なんか店で働かせて大丈夫なわけ？　邪魔になんないの？」

「だって那美が手伝いたいって言うから。でも今じゃ、お店の看板娘だもんね」

「わたし、お客さんの名前、五十人は覚えたんだよ。すごいでしょう」

一時はパンを見るのも嫌そうだったのに、那美はまた新たな楽しみを見出したようだ。

「なるほどね。子供つかって客集めようってわけ」

「なに言ってんの。お客さんが増えたから、お手伝いしてもらってるんじゃない」

にわかには信じがたかった。けれど、店の状態は以前とは打って変わって好況らしい。当初、親父が高めの目標として設定していた日商十五万に届く日もあるそうだ。

「でも、なんで急に増えたの？　何かしたの？」

「特別なことは何にも。まあ、今まで通り地道に頑張ってきたってことがよかったのかな」

「地道にって。それくらいで、うまくいくわけないでしょ」

すると母さんは「あんた、地道なめてるでしょ？」と少し真剣な顔になって反論する。

「一回や二回、派手なことやるくらい、どんな店だってできんのよ。でもね、途中で嫌になったりしないで毎日、ちゃんと続けてくってことが本当は一番難しいんだから」

でも、そんなことくらいで。だって、あんなガラガラだったのに。心の中に色んな反論が浮かんではもろくも崩れた。「俺は絶対にやる」と決意表明した親父の姿が頭によぎった。

「お店の場所が場所だったから計画より大分、時間かかっちゃったけど。でも毎日、しっかり頑張ってれば見てくれてる人はいるのよ。やっぱり、お父さんの言う通りだったね」

そう言って母さんと那美は微笑み合った。そのときだ。親父が白衣姿のまま駆け込むように家に帰ってきた。いつもなら、まだ店で翌日の仕込みをしている時間のはずなのだが。

母さんが何かあったのかと心配そうに尋ねると、上気して息を切らせながら親父は言った。

「さっき、店に電話があったんだ。テレビの番組で、ウチを取材させてほしいって……」

「テレビ!? うそ、お父さん、凄いじゃん！」

真っ先に笑顔を浮かべたのは那美だった。すると親父もはちきれんばかりの笑顔になった。

那美が「万歳！」と言うと親父も子供みたいに「万歳、万歳」と連呼した。その傍ら母さんは今まで続いた不安の糸が切れたのか金メダルを取った人みたいにその場に崩れて泣き出した。

その瞬間、思った。親父は、あんな危うかった店をとうとう軌道に乗せたのだ。

これで当面の生活は心配ないと考えると正直ほっとした。でも母さんと那美と大はしゃぎして喜んでいる親父を見ていたら俺は、けっきょく何も出来ない自分を感じて惨めだった。


店に取材を依頼してきたのは地元ローカル局制作の、地域で働く人々を紹介する情報ドキュメント番組だった。それを知ると、ミーハーな那美はあからさまにガッカリした。けれど収録が主に平日の昼間と分かると学校を休んで自分も映るとごねて親父を困らせた。けっきょく下校後、店に顔を出すことで決着がついた後、親父は「お前も見に来るか」と俺に尋ねた。映像のプロが来ると思うと、少し心揺れたが「いい」と俺が答えると親父は何も言わなかった。

収録が無事終わった後、取材はどんな内容だったのかなどと不満を残す那美が尋ねても放送までのお楽しみと親父も母さんも多くは語らなかった。もっとも二日にわたる収録だったといえ、使われるのは二十分ほどで、どこが取り上げられるかも実際放送されるまで不明らしい。

放送日を待つ間、俺は「学生映像コンテスト」の審査結果をネットの公式サイトで見た。

授賞式の写真では入賞者が嬉しそうに笑っていた。その中には俺と同じ年齢の人間もいる。でも、だからどうということもない。俺には、もう関係のない話だ。そう思って記事の内容を読もうとしたけれど、入賞者の笑顔がどうにも眩しくて俺はサイトを閉じてしまった。

放送日が近づくと那美は、その日は店を休みにして、みんなで番組を見ようと提案した。でも親父は、お客さんに悪いから録画しておけばいいと却下した。納得いかない那美は携帯のワンセグでもいいから店で家族揃って見ようと粘ったが、いまだギクシャク感が拭えず親父とろくに会話していない俺は気まずさも手伝って、その提案を断った。

とうとうやってきた放送日、那美は、けっきょく両親のいる店へ行った。あまり気乗りはしなかったが誰もいなくなったので土曜夜の七時過ぎ、俺は一人、放送を見ることにした。

タイトルが明けると番組は早朝の作業場で焼き上げたパンを取り出す親父の姿から始まった。そしてナレーションやテロップをまじえ親父が小学生だった頃の文集が映し出され、昔からずっとパン屋が夢だったこと、でも実際は長らく趣味としてパンを作るに留まっていたが一念発起して現在では地域で注目を集めるパン屋を営んでいることが紹介された。そして実際の店舗で季節の新商品や試食したお客の反応、パン作りに対するこだわりを語る親父の姿などが捉えられていく。そうかと思うと学校から走って帰ってきた那美が、カメラの前に割り込んできて親父や母さんを笑わせた。不意に取材カメラは「息子さんは？」と親父に尋ねた。でも親父は少し困惑したように「まあ、ちょっとね」と口を濁しただけだった。

中盤を過ぎた頃、夜ひとり閉店後の店に残って懸命に生地を練る親父の姿が映った。

考えてみれば親父の働く姿をこんなにしっかり見たことはなかった。パン作りは表向きの明るい印象からは想像できないほど重労働だ。でも親父には不思議と辛そうな様子はない。ひたすら生地を練る親父の愚直ともいえる懸命さが一体どこから来るのか俺には疑問だった。

「研修センター時代は失敗の連続でね。体もきついし、やっていけるか不安に感じたこともあるんです。でもね、お客さんが私のパンを『美味しい』って言ってくれたとき苦労も全部吹き飛んで、あー、パン屋になれてよかったって心の底から思ったんです」

楽しそうに語る親父の姿にはっとした。確かに俺も夢があった頃は苦労もあったけれど楽しかった。でも諦めてからは夢なんて持っても失敗して傷ついたり、馬鹿にされたり苦労するだけだと思っていた。けれど本当は、夢があるから力が湧いて、毎日が楽しくなるのかもしれない。

いつの間にか画面には、仕込みを終えて帰り支度をする親父の姿が映っていた。

カメラが親父に寄ると「開業を決めたきっかけは?」と画面右横にテロップが出る。最初、親父は「勘弁して下さいよ」などと照れたように答えて逃げていた。

だが消灯前の薄暗い店内が映ると「息子なんです——きっかけは」と親父は突然、呟いた。

「私が主演で、ヒーロー役の映画を昔、息子が作ってくれたことがあるんです」

そんな思いがけない親父の発言に俺は驚き、インタビュー映像に目を見張った。

「その上、僕は将来、映画監督になるんだなんて言うから感激しましてね。——でも、何年かして聞かれたんです。お父さん、なんで今はパン屋じゃないのって」

親父は、そう言って少し躊躇《ためら》った後、苦笑まじりに打ち明ける。

「自信が無かったからだなんて言えないし、困りまして。でも、そういう弱いところ見すかされたのか、息子には失望させてしまったみたいで」

カメラの前で親父が目を伏せると、俺の胸は鈍く痛んだ。

「年々、あいつの夢がしぼんでくのも、仕方ないのかなと思いつつ、なんだか寂しくて……。だから決めたんです。私がパン屋になって、人生やればできるって所、見せてやろうって」

俺は耳を疑って愕然とした。じゃあ、親父がパン屋を目指したのは——俺の為……?

でも過去を思い返してみて、やっと気づく。親父はずっと前から分かっていたのだ。本当は俺が、もっと夢を信じて生きたいと心の底で願っていることを。だから親父は、収録を見に来るかと誘ったり、店で映画を撮ればと言ってみたり、自分がパン屋を目指したりなんかして俺が再びエンジンをかけるきっかけをずっと作ってくれていたんじゃないか。売上げが散々でも出張販売で苦労しても、俺にひどい言葉をぶつけられても、それでも俺に夢見ることを忘れさせたくない一心で、親父は毎日、俺の力になろうとしてくれていたんじゃないか。

「私ね、あいつの作ってくれた映画を見ると、いつもワクワクして、自然に大きな夢を持てたんですよ。――いいなあ、俺もこんなヒーローみたいな親父になりたいなって」

あんな映画、ひどい出来なのに。それでも親父は嬉しそうに語っていた。

「私がここまで来れたのは、あいつの持ってた夢のお陰なんです。だから……」

親父は少し躊躇ったように目を伏せた。けれど、ふと顔を上げるとこう言った。

「だから、あいつにも自分を信じて楽しく生きてほしくって……私はパンを焼くんです」

ぎこちなくそう呟く親父を見ていたら視界が滲んで、俺は一人、泣いてしまった。

番組が終わると自分の部屋へ戻った。そしてクローゼットの奥から親父がくれたビデオカメラを取り出してみる。二年間しまいこんだままだったそれを手に取ると、親父が俺にかけてくれた熱い思いが、じんわりと胸に伝わってきた。そして俺は静かに自分の胸に宣言した。

時間はかかるかもしれない。現実は映画みたいには上手くいかないかもしれない。

でも、自分を信じて挑んでいけば、いつか親父のように俺だって――。

そのとき電話が鳴った。かけてきたのは放送を見て不満を抱いたらしい那美だった。

「何なの、あの番組。お兄ちゃんばっかりずるいじゃん。パン屋が成功したのは、私がお父さんをたくさん褒めて育てたからなんだから。さっき、お父さんもそうだって認めたからね」

どこまでも愛情を独占したいらしい那美の主張に俺は笑いながら答える。

「分かってるよ。大体、あんな親父が一人でやれるわけないだろう」

親父のパン屋は今、軌道にのっている。けれど長く続けていけば色んなことがあるかもしれない。でも、この先、店に何があっても、ずっと親父の味方でいようと俺は思った。

新しい試作パンがあるから来なよと那美にうるさく言われ、仕方なく店へ行くことにする。

そのとき、ふとひらめいた。パン屋が舞台の映画を撮ってみたらどうだろうと。

撮影をしたら編集して音も入れ、親父が応募を勧めてくれたコンテストに応募する。

そして来年こそ俺も、あの壇上で笑ってみせる。

もちろん映画の主役は路地裏の隠れた名店で毎日、夢を追っている小さなパン屋の親父《ヒーロー》だ。

我慢

芳樹《よしき》は会議資料を見るフリをしながら、腕時計を確認した。六時四十五分——もう会社を出なければ間に合わない。「時間なので失礼します」と言いたいけれど、中途採用の身で、しかも、部長が同僚の企画にダメ出ししている最中には言い出しづらい。何より、芳樹自身のプレゼンテーションがまだ済んでいなかった。年下の先輩のプレゼンが耳を通り過ぎていく。冷房が効いているはずなのに、焦りのせいで掌がじっとりと汗ばんできた。

一回り以上年下の係長が、不意に顔をあげた。「野瀬《のせ》さん、時間じゃないですか?」

芳樹は弾かれたように立ちあがった。「お先に失礼してもよろしいでしょうか」

どうぞ、と呟き、彼は手元の資料に目を落とした。芳樹が「あの、私のプレゼンは——」言いかけると、面倒くさそうに手を振る。

「次回にお願いします。プレゼンしなきゃ、企画は通せませんから。時間、ないんでしょ?」

また企画を通してもらえないのか。芳樹は唇を噛んだ。しかし、今は抗議をする時間すら惜しい。「申し訳ありません。お先に失礼します」と頭を下げて、芳樹は会議室から出た。出る直前、「気の毒ぅ。順番、一番目にしてあげればいいのに」「でも、野瀬さんの企画が通ると代理添乗させられちゃうから、こっちも助かったな」というヒソヒソ声が聞こえた。

芳樹だってもっと仕事をしたい。添乗だって行きたい。そのために、同じ業界である旅行会社に転職したのだから。やりたい企画もたくさんある。

でも今は仕方がない。芳樹は作成途中の書類や資料を急いでカバンに入れると、会社を出た。

勤めていた旅行会社の業績が急激に悪化し、大規模なリストラで芳樹がいた新潟支店も閉鎖になった時、生命保険の代理店への出向と、早期退職への応募のどちらかを選ぶよう言われ、旅行業界に未練があった芳樹は、迷うことなく早期退職を選んだ。

求人数の多い東京へ戻ってきたのが半年前。芳樹の母はすでに亡くなっているけれど、糖尿病を患い、視力を失った父が都下の施設に入所しているという事情もあり、東京での転職しか検討しなかったのだ。失業保険を一ヶ月使ったところで、今の旅行代理店に拾ってもらえた。運がよかったね、と夫婦で喜んだのだが——。

妻の恵美子が「年かなぁ。最近疲れやすくて」と言ったのは去年の年末だ。確かに顔色も悪かったが、転職と引っ越しでバタバタして後回しになり、春にやっと人間ドックを受けた。

まだアラフォーだし、大したことはないだろうとタカをくくっていたら、肝臓に重大な疾患が見つかった。精密検査の数値は、急きょ手術をするほど深刻ではないけれど、自宅療養でいいというほど呑気なものでもなかった。急変する可能性もあり、妻は肝臓疾患に強い神奈川県内の病院に入院した。今は投薬と点滴で様子を見ている状態だ。

早く病院に行かせるべきだった。妻が入院して二ヶ月、芳樹は何度も後悔した。そして、もう一つ後悔している。娘のためにも、恵美子の母と兄夫婦がいる熊本で転職すべきだった、と。

娘の七海《ななみ》は小学二年だ。七海は学校が終わると学童保育。学童が終わると、近くのそろばん教室か書道教室に行き、父親の帰りを待つのだ。どちらの教室も八時で閉まるけれど、芳樹が迎えに行くまで無理を言って居させてもらっている。

五年ぶりに東京へ戻ってきてすぐに恵美子が入院してしまったから、近所の人や学校の父兄たちと関係を築く間《ま》がなく、娘を遅くまで預かってくれる人はいない。家政婦さんを頼むほど金銭的な余裕もない。二ヶ所の教室に無理を言う方法しか思いつかなかったのだ。

芳樹は東横線の改札口から駐輪場に駆けこむと、自転車の前かごに重い書類カバンを放りこんだ。もともとは妻の自転車だから、後ろに子ども用のシートが積んであるママチャリだ。

壁の時計は八時十五分を指していた。娘の七海が待ちくたびれているだろうし、そろばん教室の先生も、教室を閉めることができずジリジリとしていることだろう。

すぐ近くを走る東横線と競争するような勢いで自転車をこいでいると、すぐに汗だくになり、息が切れてきた。

七海を迎えに行ったら——ペダルを踏みながら考える。帰りにスーパーに寄って、今日の夕食用に弁当を、朝食用に食パンと牛乳とサラダを買う。帰宅したら、洗濯をしながら食事をして、学校の連絡帳をチェックする。洗濯ものを干したら、持ち帰ってきた仕事をして——。

帰宅した後に待っている、「やらなければいけないこと」を考えると、荒い息づかいにため息が交じった。時間に追われるこの生活は、いつまで続くのだろう。

入院する時、恵美子は熊本の母に来てもらおうと思ったようだったけれど、リウマチで苦しんでいる義母に家事や育児を頼むのは酷《こく》だと思ったから、芳樹は首を振った。

「大丈夫。七海の面倒ぐらい、僕一人で見られるよ。七海だって、赤ちゃんじゃないんだし」

その言葉を、芳樹はすぐに後悔することになる。どれだけ大変な生活が待っているのか、知らなかったのだ、あの時は。

十五分かかる距離を十分ちょっとで走り、そろばん教室の前に自転車を止めると、汗がどっと噴き出した。窓から見ていたのか、「パパ、おかえりなさい！」という声とともに、七海が元気よく教室から飛び出してくる。母親がいない生活でも、七海が変わらず元気なのが救いだ。

自転車の後ろ、子ども用シートに七海を乗せ、芳樹はスーパーへと自転車を向けた。

七海は学校やそろばん教室での出来事を喋り始める。それに相槌を打ちながら、芳樹は仕事のことを考えていた。中途入社なのに添乗業務も残業もできない芳樹に、最近、社内の風当たりはキツい。自分で企画したツアーには、必ず一度は添乗をしなければいけないのだが、妻が入院している芳樹はそれを免除され、代わりに同僚が行ってくれている。

協力的だった同僚から、最近は「代理添乗はいつまでですか?」と聞かれることがたびたびで、係長も今日のようにわざと芳樹を後回しにして、プレゼンする機会すら与えてくれない。添乗さえできるようになれば、随分、状況は変わるだろう。

けれど、添乗の間、七海を一人で留守番させるわけにもいかない。恵美子の退院がいつになるか分からず、いろんなことを考えようとしても、思考はすぐに袋小路にはまり込む。

「熊本の兄さんのところに七海を預かってもらう――?」恵美子がそう言ったこともある。

義兄夫婦はいい人だし、信頼できるが、熊本は遠すぎた。

「家族は一緒にいなきゃダメだろう。特に子どもが小さいうちは」

経験から滲み出る切実な言葉に、恵美子は「そうね」と頷いた。

芳樹の父は商社に勤めていて、国内外を問わず、転勤が多かった。単身赴任だったから、芳樹は寂しい思いもたくさんしたし、父が帰宅した時の微妙に居心地の悪い雰囲気や、急ごしらえの家族ごっこ的なノリも苦手だった。

父の赴任先で暮らすという話も出たこともあったけれど、結局、その計画が実行されることはなかった。父は赴任先で女をつくっていたし、若手の演歌歌手の追っかけをしていた母は、負け惜しみでもなんでもなく、「夫がいない生活のほうが自由よ」と公言していたからだ。

二人とも、家族がバラバラという生活でも悲しんだり、苦しんだりはしていないようだった。親に干渉されたことがない芳樹は、友人からは羨ましがられたけれど嬉しくはなかった。

親にとって、自分の存在は重要ではない。誰からも必要とされていない。そんな虚しい思いを抱えながら育ったから、大事な娘には、自分のような気持ちを味わわせたくはない。

俺は父さんや母さんとは違う。七海が大きくなるまでは、大事な家族がバラバラになる生活は絶対にしない。それは芳樹の希望であり、誓いでもある。

「でね、にしおくんがなげたボールがあたってね、ユミちゃん、ないちゃったの――」

七海の毎日はいろいろな出来事があるようで、帰り道だけでは話し足りないようだった。食事の時はもちろん、芳樹が洗濯をしている時も、食事の後片付けをしている時も、お風呂に入っている時もずっと喋り続けている。

忙しい芳樹は、用事をしながらでしか七海の話を聞けない。とにかく時間と余裕がなかった。時間ができたらちゃんと向き合って話を聞いてあげよう、と思っていても、いつ時間ができるのかは芳樹には分からない。それに、七海は「今」、話を聞いてほしいのだ。

「お喋りはやめにして、早く寝なさい」と言うと、芳樹の生返事を我慢しているらしい七海が癇癪を起こすこともある。「パパは七海のおはなし、きいてくれない！」と怒る娘に、「ちゃんと聞いてるだろ！」とつい言い返して、「パパなんか大キライ！」と泣かれてしまう。

娘に泣かれるのも、キライと言われるのも辛い。何もかも中途半端だという自覚はあった。もっと早く帰宅できれば、七海の話をゆっくり聞いてやれるけれど、仕事をしている限りは無理だ——泣く娘を抱きしめながら、唇を噛む。

おまけに、寝る時間が遅くなった七海が遅刻や授業中に居眠りをする日が増えていて、担任教師から注意を受けていた。できるだけ早く寝てくれるように、今は毎晩添い寝をしている。

芳樹は残業ができない分、たくさんの仕事を持ち帰っていた。添い寝をしている間は当然ながら仕事はできない。焦れば焦るほど、それが伝わるのか七海はなかなか眠ってくれない。疲れと、布団の心地よさに引き込まれ、芳樹のほうが先に寝てしまい、明け方飛び起きて血相を変えるということもたびたびだった。

七海がトイレに行っている間に、笑い話として恵美子にその話をしたことがある。「困ったわねぇ、七海のお喋りも」と笑ってくれると思ったのに、妻は顔を覆って泣きだした。

「ごめんなさい。あなたにも七海にも迷惑かけっぱなしで申し訳なくって——」

入院中の恵美子には、笑い話として聞けなかったのだ。芳樹は慌てた。

「謝るなよ。恵美子のせいじゃない」と宥《なだ》めたけれど、妻の涙はなかなか止まらない。戻ってきた七海が「ママ、どうしたの？　どっかいたいの？」と不安そうに駆け寄ってきた。

「パパ。ママなかしちゃだめだよ」と叱られ、芳樹はごめん、と頭を下げた。

「どっちが大人か分からないわね」と涙を拭いながら恵美子が笑い、それを見た七海がやっと不安な表情を消した。

それ以来、芳樹は愚痴めいたことは絶対に言わないようにしている。愚痴を言ってストレスを溜めるより、治療に専念してもらって、早く家族三人一緒の暮らしに戻るほうがいい。


土曜日にお見舞いに行くと、七海は妻の傍から離れず、四人部屋の窓際にある恵美子のベッドに潜りこんだりしているうちに眠りこんでしまう。その寝顔を見ながら、夫婦は静かに会話をする。今週の検査結果や七海のこと、治ったら家族でしたいこと、病院の先生たちのこと。

検査の結果は良くならないけれど、落胆を顔に出さないようにして芳樹は笑って見せる。

「家のことは気にしなくていいから、気長に治そうよ」

恵美子と静かに会話できるその時間だけが、一週間のうちで唯一ホッとできる大事な時間だから、暗い話はしたくなかった。

帰り道には恵美子に頼まれた買い物をして、ファミレスで夕食を済ませる。外食を喜んでいた七海も最近では、「ママのカレーとハンバーグが食べたい」と言うようになった。

妻にレシピを聞いて作ってやれば、娘も喜ぶとはわかっているけれど、料理は苦手だし、余裕もないから無理だ。かわいそうだと思いながらも、芳樹は七海の言葉を聞き流すしかない。

日曜日には、買ったものを持って病院へ行く。恵美子に七海の相手をしてもらっている間に芳樹は銀行のATMへ行ったり、散髪に行ったり、衣類や生活用品などを買いに行ったりと、七海が一緒だとなかなかできない用事を済ませるのだ。これも貴重な時間だけれど、恵美子一人で七海のお喋りの相手は大変なはずだから、できるだけ大急ぎで戻るようにしていた。

「全然大変じゃないわよ。七海に会うとね、検査結果がちっとも良くならなくて憂鬱だった気分もあっと言う間に吹き飛ぶの」と恵美子は笑う。「あなたこそ、毎日大変じゃないの？」

「家事も育児もバッチリだから心配するな」と強がって見せるけれど、本当は愚痴を言いたかった。寝不足と、時間に追われるストレス。恵美子の病気への不安と、七海に時間を割《さ》いてやれない自己嫌悪。そして、会社で迷惑をかけているという負い目。そういうものを全部ぶちまけたいけれど、それをすると、自分がガタガタと壊れてしまうような気がするから踏みとどまっている。気を張ることで、辛うじて毎日を乗り切っているのだ。

日曜日には面会時間ギリギリまで居座ってしまって、「もう時間ですよ」とナースに追い出される。わざとゆっくりエレベータに向かいながら、手を繋いだ妻と娘が「マーマ」「なぁに?」「よんでみただけぇ」と言っては笑い合う。

エレベータの扉が閉まる直前まで二人が交わす、そのやりとりが切ない。

扉が閉まった後で、寂しそうに俯く七海に「また来週来ような」と声をかけると、「ずっと土ようびと日ようびならいいのに」と呟いた。

芳樹が黙って七海の肩を引き寄せると、どちらからともなく、ため息がこぼれた。

そして、月曜日が始まると、また時間との戦いが始まる。家にいる時以上に、会社では時間に追われる。代理添乗をお願いしているツアーの準備、宿泊予定のホテルや旅館への確認。次の企画の調査——お昼を食べに行く時間も惜しくて、パンを片手にパソコンと向き合う。

昼食から戻った係長が芳樹を呼び、「見積もり修正はまだですか?」と尋ねてきた。

何のことかと戸惑う芳樹に、係長が面倒くさそうに説明する。芳樹の企画を部長が気に入り、プレゼンなしで通したというのは初耳だった。見積もりを一部修正する必要がある、ということも。

「デスクにメモを置いときましたけど?」係長が言うメモは、残業をしない芳樹のデスクに次から次へと重ねられる回覧の書類に紛れてしまったのだ。メールしてくれればいいのに、と上司の意地悪にげんなりしながらデスクに戻る。

見積もりは今週中に提出しなければいけないから、有休を使えば行けたはずの父兄参観はパスさせてもらった。「いいよ、パパ。おしごとなんでしょ?」という七海の言葉に甘えたのだ。「七海にいっぱい我慢させてるな」お喋りすることも、手料理を食べることも、何もかも――。ううん、と娘が澄まし顔で首を振る。「ママがいってたよ。がまんしてたら、きっといいことがあるって。だから、七海、がまんはキライじゃないもん」健気《けなげ》なことを言う娘に、芳樹は「ありがとう」と微笑んだ。

恵美子が入院してもうすぐ三ヶ月を迎えようとした金曜日、芳樹は係長から呼び出された。家庭の事情は理解していると前置きをしたうえで、彼は「そろそろ、他の人と同様に添乗に出てもらわないと困るんですけどね」と切り出した。

芳樹は膝の上で拳を握りしめた。同僚たちから代理添乗のことでチクチク嫌みを言われていたから、早晩、そうなるだろうとは思っていた。係長は芳樹の様子を窺いながら、更に言う。「もし他のみんなと同じようにできないのなら、最悪の事態も考えてもらわなきゃいけません」退職勧告ということか――係長の言葉に、血の気が引いた。再来週から添乗に出ることは了承したものの、頭の中は真っ白だった。

芳樹が企画する旅行は国内で、期間は二日から五日間とさまざまだ。次の添乗は土日をまたいでしまう。妻には衣類を多めに渡し、電話やメールでマメに連絡を取り合えば大丈夫だけれど、問題は七海だ。熊本に預けるという方法しかなかったけれど、家族は一緒にいるべきだ、という考えが頭から離れず、結局、その日は義兄に連絡することができなかった。

確かに、七海がいなかったら楽だ。残業も添乗も気にせずできる——と考えかけて、慌てて自分を叱る。こんなことを考えること自体、余裕がなくなっている証拠だった。

不安と焦りで頭がいっぱいだったから、自転車の後ろからいつもの調子で喋りかけてくる七海に少し強い口調で、「パパ、考えごとをしてるから、黙ってて」と言ってしまった。

やがて、押し殺したようなすすり泣きが聞こえ、芳樹はハッとして自転車を止めた。

「ごめん、七海。パパ、七海に怒ったわけじゃないんだよ。お仕事のことでいろいろあって」

小学二年生にこんな言い訳をしている自分が、大人としても父親としても情けない。

「おしごと、たいへんなの？」七海が鼻をすすりながら尋ねるのへ、首を振る。「遠くに行くお仕事があるけど、おうちに七海を一人にしたくないから、どうしようか考えてただけだよ」

父親が言ったことを一生懸命考えようとしている娘の頭を、芳樹は撫でた。

「七海が考えなくてもいいんだよ。大丈夫。心配しなくてもパパがちゃーんと考えるから」

どう考えるって言うんだ。どうしたらいいのか分からないくせにいい加減なこと言って——自分を罵るしかできず、またため息がこぼれた。

その夜遅く、持ち帰り仕事を済ませた芳樹は、娘の部屋に様子を見に行った。

カーテンの隙間から差し込む月明かりを頼りに、娘に近づく。七海はよく眠っていたけれど、添い寝をした時にはなかった涙の跡が頬に残っていて、胸をつかれた。

娘を泣かせるような、この現状は良くない。芳樹の中でやっと結論が出た。――七海を預けたりするのではなく、会社を辞めよう。業種や職種にこだわらなければ、この年齢でも仕事は見つかるはずだ。貯金を崩せば、入院費用を差し引いても一年は暮らせる。

大丈夫だ、と何度も自分に言い聞かせたけれど、本当は怖い。仕事が見つからなかったら、今以上に家族がバラバラになってしまうんじゃないか――そう思うと、怖くてたまらない。

退職することを話せば、妻が心配するのは間違いない。新しい仕事が決まるまで黙っていることにして、週末はいつも通り、病院で過ごした。

もしかしたら今週こそ、「数値が良くなって、退院のメドがたったの」という朗報が聞けるかもしれない。そんな淡い期待を抱いていたけれど、そう都合よくはいかなかった。

来週、上司に退職の意思を伝えよう。楽しそうにお喋りをする妻と娘を見ながら、芳樹は改めて心を決めた。

週が明けた月曜日の夕方、書道教室の先生から「七海ちゃん、お休みですか？　教室に来られてませんが――」という連絡が入った。事故か、事件か？　芳樹は真っ青になった。

学校はいつも通り下校したし、変わった様子もなかったと言う。恵美子の病院にも行っていなかった。退職を告げるどころではなく、会社を早退した芳樹は一目散に自宅に帰った。

七海の部屋を覗いたら、お年玉やお小遣いを入れていた貯金箱がカラになっていた。それを見て立ちすくむ。七海は家出したのか――俄《にわ》かには信じられない。

どうして。どうして、俺に黙って。そんな娘《こ》じゃないはずなのに――。

気力を振り絞り、警察に届けた。熊本にも電話したけれど、もちろん行っていない。あちこちに電話を入れながら、芳樹は唇を噛んだ。七海がいなかったら楽なのに、とチラッとでも考えたからバチが当たったのだ。これでもし、娘に何かあったら――。

いてもたってもいられず、芳樹は携帯電話を握って家を飛び出した。

七海が新横浜駅で保護されたという連絡が入ったのは、夜になってからだ。近所を闇雲にマチャリで走り回っていた芳樹は、すぐに新横浜に向かった。

娘の顔を見た瞬間、緊張しきっていた身体から一気に力が抜けた。人がいなければ大声で泣きたいぐらい嬉しかったのに、「どうして家出なんてしたんだ！」と怒鳴ってしまった。

父親に生まれて初めて怒鳴られて、七海が泣きそうな顔で俯く。

「黙ってちゃわからないだろう？　パパにちゃんと話しなさい！」

まあまあ、と警官が間に入った。「お嬢さん、新幹線に乗りたいって言ってましたよ。でもお金が足りなかったみたいで、ウロウロしているところを保護されたんです」

新幹線——意外な言葉に、芳樹は思わず娘を見た。新幹線に乗って、どこへ行くつもりだったんだと聞いても、七海は黙ったままだ。

「おうちでなら話すかもしれませんよ」という警官のアドバイスもあり、芳樹は娘を連れて帰った。しかし、帰宅後も娘は家出の理由については頑《かたく》なに口を閉ざしたままだ。

病院の恵美子に無事を伝えると、「よかった」と繰り返しながら泣いた。

「明日、学校を休ませてそっちに連れて行くよ。僕には理由も何も話してくれないから、代わりに話を聞いてやってくれないか」

あちこちへの報告と謝罪を済ませ、七海を寝かせた後で疲れた身体をソファに預けると、芳樹は大きなため息をついた。もう勘弁してくれ。これ以上、俺を悩ませないでくれ。

七海の家出や、恵美子の病気、退職——何もかも考えたくないことだらけだった。


翌日、芳樹は娘を連れて病院へ行った。有休を取るために会社へ電話をすると、係長は「昨日も早退でしたよね」と不満そうだったけれど、気にしなかった。七海の家出騒動で、やっぱり退職するしかないのだ、と覚悟を決めたからだ。

恵美子と待ち合わせをした中庭は、じっとりと蒸してきた空気のせいで人は少ない。木陰のベンチに座っていた恵美子が、目の前に来た娘をぎゅっと抱きしめた。

「無事でよかった。ママたち、すごく心配したのよ」七海は固い表情のまま、目を伏せた。

「どこに行こうと思ったの？　誰かに誘われたの？」

隣に座らせて、恵美子が穏やかな口調で尋ねたけれど、七海は首を振るだけで答えない。

芳樹は七海の前にしゃがみこんだ。

「七海。正直に話しなさい。もう怒ってないから。パパもママも先生たちもとっても心配したんだ。みんなを困らせるような子じゃないだろ、七海は」

それでも七海は俯いたままだ。このままではラチが明かない。理由がわからなければ、また同じようなことがあるかもしれない。だから、芳樹はわざとからかうように言った。

「それとも、悪い子になっちゃったかな？　悪い子はもう病院に連れてこないぞ」

いつもの七海なら「そんなのヤダ！」と慌てて言うはずなのに、黙ったままだ。

ダメか——ため息をついた芳樹に代わり、恵美子が七海の肩を引き寄せた。

「ママ、すごく悲しかったんだから。約束して、二度とこんなことしないって」

その時、七海の目から大粒の涙がこぼれ落ちて、芳樹と恵美子は慌てた。

「七海、ごめん。パパが言い過ぎた。冗談だよ、また一緒に病院に来ような」

「理由も聞かないで約束しなさいなんて、ママも勝手だった。ごめんね」

二人はオロオロしながら、娘に代わる代わる声をかけ続ける。

「くまもとに、行こうとおもったの」しゃくりあげながら、七海が言う。

「しんかんせんで、くまもとまで行けるようになったって学校でならったの。ひこうきはどこに行ったらいいのか、わからないから——」

「どうして熊本に行こうと思ったの。ばぁばやおじちゃんたちがいるから？」

七海がコクンと頷いた。「だって、七海がおうちにいたら、パパがこまるから」

恵美子が「え？」と芳樹を見た。「あなた——そんなこと、言ったの？」

非難するような眼に、慌てて首を振る。「そんなこと言ってないよ。僕はこれからもずっと一人で何とかするつもりだったし、だから会社も」慌てて口をつぐんだけれど、遅かった。

恵美子が大きく目を見開いて、「会社も、なに——？」と芳樹の腕をつかんだ。

「ねぇ！　もしかして、辞めようと思ってるの？　また旅行の仕事ができて嬉しいって喜んでたのに。なんで、相談してくれないのよ？」

「……新しい仕事が決まったら、言うつもりだったんだ」

「ひどい」恵美子が呻《うめ》いた。「七海のこと、叱れないじゃない！　一言も相談してくれないなんて——病気だから？　私じゃ何の役にも立たないから？　そんなのってない——」

「だって、心配するじゃないか。それで病気が悪化したら」

興奮している恵美子は、芳樹の言葉は耳に入らないようで、激しく首を振った。

「心配もさせてくれないの？　私には心配する資格もないの？」

芳樹が反論しようとした時、娘が「パパをおこっちゃダメ！」と泣きながら叫んだ。

「七海がいたら、パパ、おしごとに行けないの。だから、くまもとに行こうとおもったの」

その言葉で芳樹は思い出した。八つ当たりしてしまった金曜日の夜のことを。幼い娘は、父親が困っているということをちゃんと理解して、ずっと心を痛めていたのだ。

言葉をなくした芳樹の前で、七海の顔が、汗と涙でグシャグシャになっていく。

「七海は、パパとママに会えなくても、がまんできるもん。がまんしたら、パパはおしごとに行ける。ママもえらいねってほめてくれるもん。がまんしたら、いいことがあるもん――」

がまん。その言葉を聞いたとたん、芳樹は自分が情けなくなった。

八歳の娘が、我慢してもいいから、父親が楽になる方法を探していたというのに、父親の自分は過去の経験に怯え、一緒にいられなければ家族ではないと頑固に思い続けていただけだったなんて――。

「ごめん。ごめんな、七海――」

芳樹は七海を抱きしめた。恵美子も泣きながら、娘の頭を抱え込む。

妻と娘を抱きしめながら思う。今、しなければならないことは信じることなのかもしれない。

自分と、そして、離れていても揺るがない家族の愛情を。

七海は恵美子が退院できるまで、熊本の義兄夫婦のところで暮らすことになった。学校も転校する。義兄夫婦も義母も「任せておけ」と快く引き受けてくれた。

熊本に発《た》つ日、芳樹は七海を連れて病院へ行った。

「七海。寂しい思いをさせちゃうけど、ごめんね。ママも頑張って、急いで病気治すからね」

「ばぁばもいるし、さびしくないよ」と強がる娘の頬を、恵美子が愛おしそうに撫でる。

これから熊本へ向かう芳樹と七海を、いつもの日曜日と同様、恵美子がエレベータホールまで送ってくれた。恵美子は今にも泣きそうだったけれど、病室を出てからずっと、七海の「マーマ」という呼びかけに「なぁに？」と笑顔で応えている。いつもの日曜日と同じように「よんでみたかっただけぇ」と笑う七海がまた、「マーマ」と呼ぶ。

けれど、いつもとは違って、エレベータの扉が閉まっても七海は「ママ」と呼び続けた。これからしばらく呼べなくなる分を呼んでおこうとするように、何度も何度も。

扉の向こうから、恵美子も涙まじりの「なぁに？」を返す。

七海が「ママ」と呼ぶ中、静かにエレベータが下がり始めた。恵美子が「なぁに？」と返す声がかすかなものになっていく。消えそうになる声に耐え切れなくなったように、七海が「ママ！」と大きな声で叫んだ。「ママ、ママー！」エレベータの中に、七海の絶叫が響く。

とうとう、恵美子の返事をする声が聞こえなくなった。

「ママ――」七海が下を向いた。涙がリノリウムの床にパタパタと落ちる。芳樹は七海の肩にそっと手を置いた。

「七海。パパ、会いに行くから。ママとも電話でお話できるから、ちょっとだけ我慢な――」

「うん。七海、がまん、する」しゃくり上げながら、娘が芳樹にしがみついてくる。その背を撫でながら、大丈夫だ、と芳樹は自分にも言い聞かせた。

自分たちは両親とは違う。「いつか三人で暮らす日」をちゃんと夢見ることができる。それを絶対に実現させるだけの気持ちがある。

だから、ちょっとだけ我慢しよう――芳樹は七海を優しく抱きしめた。

右頬にガーゼをあてられ、病院のベッドで眠る九歳の結衣《ゆい》。その汗ばんだ額に張りついた髪を取り除く。傷みのない、艶のある長い髪。

枕元には、あの日買ったイルカのぬいぐるみが置かれている。いい思い出と、悪い思い出。あの日の双方を思い出しそうなそれを、「置いてほしい」と結衣自身にねだられた。いや、ねだるというよりもすがるような目で、声で。

「……」

私は結衣の小さな手をそっと握った。熱でひどく熱い。

と、結衣がかすかな力で手を握り返してきた。口元が動いたので耳を近づけると、うわ言が聞き取れた。

「ママ……」

「……」

どうやら私を、妹と間違えているようだ。

結衣は私の姪。私の妹の娘。その妹が、交通事故で死んでしまった。

家族で水族館へ行った帰りだったという。運転席に妹、助手席にその夫、後部座席に結衣が乗った車へ、対向車線から居眠り運転の大型トラックが突っこんできたそうだ。妹は即死、その夫も翌日病院で息を引き取り、結衣だけが遺された。

不幸中の幸いで、結衣は割れたガラスで頬を切っただけだった。けれど事故や両親を失ったショックだろうか、高熱が下がらずに入院している。とうとう今日の妹夫婦の葬儀にも、出ることは叶わなかった。

「ママ……ママ……」

「……」

いま結衣を引き取れるの、絵里子《えりこ》しかいないじゃない――。

葬儀のあと、強く励ますように、母が私に言った言葉を思い出す。

妹の夫は両親を亡くしていて、兄弟もいなかった。リウマチを抱える母は、父が亡くなった際に実家を処分し、今は高齢者ホームで生活している。

私は三十七歳、独身、一人暮らし、美容師。チェーン店の雇われ店長で、こども一人養えるだけの安定した収入も、二LDKのマンションもある。そのマンションも妹家族の暮らしていたアパートからそう遠くない場所にあり、結衣も転校せずに済む。

第三者には、私が結衣を引き取るのが一番良く、自然で当然なことに思えるだろう。むしろ母が言うように、それ以外に選択肢はないように見えるかもしれない。

けれど、私は二つ返事で引き受けることなどできなかった。理由は二つ。

――一つは、私と結衣の間に血縁関係がないことだ。

父と母は再婚で、私は母の連れ子、妹は父の連れ子だった。私が十六歳、妹が十歳のときだ。高校生と小学生。少し年が離れていた。私は高校生なりの、妹は小学生なりの、戸惑いと遠慮と都合があった。そしてそれをお互いに感じて、ますますぎこちなくなっていたように思う。

努力はした。けれど妹と一緒に暮らしたのは、私が高校卒業とともに家を出るまでの、ほんの二年半ほど。〝家族〟という感覚に達するには、あまりにも時間が足りなかった。

それからの私は、美容師として一人前になるのに必死だった。仕事優先の恋愛はいつも長続きせず、婚期を逃して今に至る。

一方、妹は若くして結婚・出産し、幸せな家庭を築いていた。

もちろんそれを、心から祝福していた。けれど妹に「お姉ちゃんは結婚しないの？」「こどもっていいものだよ」などと言われると、居心地の悪い思いを感じずにはいられなかった。

私は人を美しくする美容師の仕事が好きだし、誇りを持っている。もしも自分が結婚してこどもを産んでいたら……フランスに留学することも、仕事に打ちこみ店長にまでなることも、おそらく叶わなかっただろう。だから後悔もしていないし、残念にも思っていない。

けれどいくらそう説明しても、働いた経験がほとんどない妹にはわかってもらえない気がして、私は自分の言葉を呑みこんでいた。

家族となる積み重ねも不十分で、歩んだ人生も正反対。そんな妹とお盆や正月に顔を合わせても、間《ま》が持たずに困ったものだ。

そうしたとき、何度も結衣に助けられた。結衣は普段会わない私がもの珍しかっただけだろうけれど、「絵里子おばちゃん、一緒に遊ぼ」と屈託なく寄ってきて、私を外に連れ出してくれた。そのタイミングのよさといったら、思わず膝を打ちたくなるほどだった。

駆けっこ。滑り台。縄跳び。こどもの体力は際限を知らず、翌日は必ず筋肉痛になった。けれど遊んだ帰り道、きまって私の背中で無防備に眠った体の重さと体温を、心からいとおしく思っていた……。

「ママ……ママ……」

「……」

眠る結衣の頬に涙が伝っている。私はそれをそっと指で拭った。

かわいそうだと思う。情もある。けれどたまに会うことと、一緒に暮らすことは大違いだ。

そう自分に言い訳しつつ、私と結衣の間に血の繋がりがないから、その程度の情しかないのかもしれない、とも思っている。

妹夫婦の葬儀から二週間が過ぎた。結衣も無事に退院した。今は母が妹家族のアパートで、結衣の世話をしながら遺品の整理をしてくれている。

いつまでもこのままではいられない。結衣をどうするか、決めなければならない。

わかっていたけれど、私は今日まで龍一《りゅういち》に、結衣のことを話せなかった。私も龍一も忙しく、会う時間がとれなかったからだ。電話で話すようなことじゃない。

日付が変わってから私の部屋にやってきた龍一は、ソファに並んで座り赤ワインを飲みながら、整った眉をひそめて言った。

「悪いけど、俺は賛成できないよ」

「……」

「結婚早々、九歳の娘ができるなんて考えられない。絵里子の実の娘ならまだしも」

「そうだよね……」

「……」

龍一は私の肩を抱き、慰めるように「絵里子が悪いわけじゃないよ」と言った。

——結衣を受け入れられないもう一つの理由は、仕事一筋だった私に、遅ればせながら結婚を考える恋人ができてしまったことだ。

龍一は三歳年下、同じ美容師で、ライバルチェーン店の店長。昨年のヘアスタイルコンテストで、龍一がグランプリ、私が準グランプリだった。

負けず嫌いの私が、不思議と悔しくなかった。龍一の作ったショートボブが、個性的ながら奇抜ではなく、細部まで洗練されていて、私自身とても気に入ってしまったからだ。

感性が似ているような気がした。実際、龍一も私の作ったスタイルを気に入ってくれていた。水と水が溶け合うように、私たちは意気投合した。

とんとん拍子で交際は進み、将来のことを話すようになった。二人で独立して店を出そう、と。

私たちはもう若くない。恋とか愛とかよりも、パートナーとしてやっていけるかどうか、そういう目でお互いを見ていたと思う。私は龍一の、ともすれば鼻につくような野心さえ心強く、龍一となら必ず成功できると思った。

内装は。客層は。話に上がるのはどういう家庭を作りたいかではなく、どういう店を作りたいかだった。その将来像に、こどものイメージはなかった。

はっきり聞いたことはないけれど、龍一にはこどもを作る気がないのかもしれない、と思う。

そしてはっきり聞いたことがないのは、私自身こどもが欲しいと、強く考えてはいないからだ。こどもができればこれまでのようには働けない。どうしたって制限される。そう思うと、積極的には考えられなかった。

「……」

龍一の端正な顔立ちを、ワイングラスを持つ細く綺麗な指先を見ながら思う。

私が結衣を引き取ったら、龍一は私から離れていくだろう。別れた恋人と店を出すはずもない。そして私に再び結婚の機会が訪れるとは、到底思えない。

成功と、幸せ。目の前に揃っているそれらをみすみす見送る勇気など、私にはない。

「……」

いや。私はなんとしても、しがみついてでも手に入れたいのだ。成功も、幸せも。

自分の利己心と冷酷さを痛いほど自覚して、罪悪感を覚える。

それでも、結衣には悪いけれど、私には私の人生がある――。

強くそう思いながらグラスの赤ワインを飲み干し、私は龍一の肩にもたれた。

答えは最初から出ていたのだ。

龍一と話したのは最終確認に過ぎず、迷いなどなかった。それなのに私はそれを母に、そして結衣に告げられないまま、さらに十日も過ごしてしまった。

その間ずっと、胸の奥に重い石が詰まっているような違和感があった。石は日増しに大きくなり、時々ひどく疼《うず》いて、私は苦しみ苛立った。

彼女が来店したのはそんなときだ。

「あー、うちの母親、マジむかつく。お願いだから一回死んでって感じ」

「……」

一年ほど前からの常連客で、十八歳の専門学校生。ダークブラウンのセミロングに、シルバーブルーのメッシュが入っている。今日は気合いを入れて行きたい合コンらしく、黒く伸びた根元を染め直しにきていた。

彼女はいつもこうして、家族に対する不平不満を吐き散らす。もとは服装にけちをつけられたとか、携帯電話の利用料金の高さを咎められたとか、そんな話だ。

「死んでほしいのは父親も同じなんだけどね。こないだなんか……」

「……」

胸の石が激しく疼いた。

お客さまだ。適当に話を合わせたり、聞き流したりすればいい。これまでだってそうしてきた。簡単なことだ。

それなのに、私は彼女の髪に薬剤を伸ばす手を止めて、言ってしまっていた。

「そんなこと、冗談でも言っちゃいけないでしょう」

「え？」

「お父さんも、お母さんも、他の誰でも。人が死んだら、それで悲しむ人も、傷つく人も、苦しむ人もいる。色んなことが変わってしまう。あなただって……」

「……」

冷えた沈黙に気づいて、ハッとした。

けれど、もう遅かった。

「あんた、何言っちゃってんの？」

彼女は鏡の中で私を睨んでいた。黒の太いアイラインでぐるりと囲んだ、強く鋭い目で。

「あたし、客なんだけど」

「……」

そして彼女は、私に謝罪の間も与えず、店中に響き渡る大声をあげた。

「ちょっと！　誰か！　美容師替えて！　この人むかつく！」

「店長、妹さんのことがあって疲れてるんですよ……。今日はもういいですから、帰ってゆっくり休んでください」

その場を収めてくれた副店長に促されるまま、私は店を出た。

店に迷惑をかけた上に、こんな早い時間に早退するなんて、申し訳なかった。けれどこんな失態は初めてで、自分でも驚くほどダメージを受けていた。

大きく深呼吸する。まだ高い位置にある太陽が眩しくて、目を細める。

「……」

体の中心から指先足先へ、じわじわと自己嫌悪が広がっていく。

仕事にプライベートを持ちこむなんて最低だ――。

しかも私は悩んでさえいない。結論は出ているのだ。先延ばしにしたって答えは変わらないし、よりよい解決策など見出せないとわかっている。

私はただ悪者になりたくないだけだ。母や結衣を落胆させてしまうことを憂鬱に感じて、逃げているだけだ。

けれどこんな精神状態のまま働いていたら、また同じような、いや、もっと大きなトラブルだって招きかねない。それが店にも、私自身にもマイナスだということは明白だった。

「……」

店のため。仕事のため。自分のため。

私は胸の石の疼きを感じながら、妹家族のアパートへ向かって歩き出した。

「そう……そういうことなら、仕方ないわよね。絵里子の結婚を、破談にするわけにはいかないものね」

「……」

事情を話すと、母は落胆しながらもわかってくれた。自分に言い聞かせるように、何度も「仕方ないわよね」と呟きながら。

「じゃあ結衣は……施設に預けることになるのかしら。そういうのってどこへ行けばいいのかしら」

「大丈夫、手続きは私がする。必要なお金は払うし、できるだけ会いに行くようにもするから」

そのくらいの責任は果たすつもりでいた。罪滅ぼしといってもいい。

母はフーッと大きく息を吐き、「頼むわね」と言った。

そのとき、ガチャンと玄関のドアが開く音がした。結衣が学校から帰ってきたようだ。

「結衣、おかえ……」

居間に入ってきた結衣を見て、私は言葉を失ってしまった。

「……」

ランドセルを背負った結衣の右頬、美しい白い肌に、縦に十センチほどざっくりと切れた傷があった。

病院ではずっとガーゼをあてられていたので、これほど目立つ傷だとは思っていなかった。死に至った妹夫婦と比べて、この程度のことで済んでよかったとさえ思っていた。

しかも校則なのだろう、結衣は長い髪をきっちり二つに分けて結んでいて、頬の傷がありありと見えた。それが見て見ぬふりなどできないほど痛々しくて、私は泣きそうになってしまった。

「……」

私の視線を感じたのだろう、結衣は隠すように頬の傷に触れた。

その動作が、とても慣れたものに見えた。学校で、道で、何度もこうして傷を隠しているのかもしれない……。

「……結衣、イメージチェンジしない？」

私がそう言うと、結衣は小さく首を傾げた。

「髪、結ばなくてもいいくらいの長さまで切っちゃおう」

「えっ……」

「横のところに段を入れて、髪が顔にかかるようにして、傷を隠しちゃうの」

「……」

結衣は物心がついたころから、ずっとロングヘアだったはずだ。私だって結衣の綺麗な髪をバッサリ切ってしまうのはつらい。けれど。

「大丈夫。髪なんて、また伸びるから。その間に、傷もどんどん薄くなるから」

「……」

結衣は少し考えたあと、コクンと頷いた。


全身鏡の前に新聞紙を敷き、丸椅子に結衣を座らせる。

中央に穴を開けたビニールのゴミ袋を、結衣の頭から被せる。まるで大きなてるてる坊主のようだ。それが楽しいらしく、結衣はようやく表情を和らげた。

私が当然のようにバッグからカット鋏を取り出すと、結衣は「絵里子おばちゃん、いつも鋏持ち歩いてるの？　なんで？」と目を丸くした。

「それはね……結衣の髪を、切るためだよー！」

赤ずきんちゃんのオオカミを真似て言うと、結衣はキャッキャッと笑った。

二つに結んでいたヘアゴムを取り、ブラシで丁寧に髪を梳《す》く。「可愛くしてね」と言う結衣に「まかせといて。これでもカリスマ美容師って呼ばれてるんだから」とおどけたところで、私は手を止めた。

「……」

頭頂部に丸くぽつんと、髪の生えていない部分があった。

円形脱毛症だ。

「……」

「……おばちゃん？」

「……」

「絵里子おばちゃん？」

「……」

「絵里子おばちゃん、どうしたの？　どうして泣いてるの？」

「……」

まだ九歳なのに、こんなことって――。

頬の傷を見たときに堪えた涙が、今度は堪えられなかった。私は膝をつき、後ろから結衣を抱きしめた。

「結衣、私と一緒に暮らそうか」

何も考えなかった。吸った息を吐くように、自然と言葉が出てきた。

「えっ……」

鏡の中の結衣は、大きな目をさらに大きく見開いた。

「……」

一瞬の沈黙のあと、結衣はぶんぶんと首を振って言った。

「だめだよ、そんなの」

思いもしなかった結衣の答えに驚いた。

「どうして。結衣は私と暮らすの、いや？」

「ううん、そうじゃなくて。おばちゃん、結婚するんでしょ。結衣がいたら、結婚できなくなっちゃうんでしょ」

「えっ……」

さっき母との話が終わった途端、結衣がタイミングよく帰ってきたのを思い出す。

「……」

違う。タイミングよく帰ってきたのではなかったのだ。

いつの間にか帰宅していた結衣は、アパートの薄い玄関ドアの向こう側で、私と母の会話を聞いていたのだ。話が終わったのを見計らって、家に入ってきたのだ。

「……」

両親を失ったショックの上に、これから自分がどうなるのか、ずっと不安だったのだろう。幼い髪が抜けてしまうほどに。不安を積み重ねた末に「施設に預ける」という言葉を聞いた絶望は、一体どれほどのものだっただろう。

それでも結婚するという私を気遣って、なんでもないふりをしてくれていたのだ。

「結衣……」

私には私の人生がある――強くそう思ったことを思い出す。

けれど、私の人生って何だ。こんな小さなこどもに気を使わせる人生か。こんな小さなこどもも救えない、切り捨てる、そんな人生か。

たった九歳の、親を失ったばかりのこどもにさえ、人を思いやれる心があるというのに。

「……」

情けなかった。恥ずかしかった。

けれど、いま気づくことができてよかったと思う。成功よりも幸せよりも大切なものを、見失っていた。そのまま失ってしまうところだった。

私は涙を拭って結衣の正面にまわり、膝をついて目線を合わせた。そしてその手を握って、もう一度はっきりと言った。

笑顔で。

「結衣。一緒に暮らそう」

「……」

結衣と血が繋がっていないことも、龍一と結婚できなくなるであろうことも、ほんのちっぽけな問題に思えた。そして、そう思える自分が嬉しかった。

胸の石がゆるゆると溶けて小さくなっていく。

「おばちゃん……」

結衣は目を潤ませると、火がついたように泣き出した。おばちゃん、おばちゃん、絵里子おばちゃん、と私の腕にしがみつきながら。

わたしのまわりの勝手な男たち

「えー、旅行ブッチされたのー？」

トングで肉をひっくり返していた優里《ゆり》が顔を上げた。驚いて見せてはいるけど、肉を焼く手は止めてない。いつもの三割増しで丸くなった彼女の目の中には、あわれみと好奇の入り交じった光が宿っている。

「今日いきなりだよー。わたしもう京急乗ってたし」

久々に康輔《こうすけ》と休みを合わせることに成功したので、小樽で美味しいさかなでも食べようと、わたしたちは北海道旅行を企画していた。けれど、昼過ぎの便に乗るため、羽田へ向かう電車にわたしが乗った途端、康輔から電話が来たのだ。イヤな予感がして、次の駅で降りてかけ直すと、もう留守電になっていた。キミがかけてきたんでしょうがと思いつつ、しつこく発信ボタンを押していると、十分後にやっと通じて、「仕事が入った」とあっさり告げられてしまった。そんな気はしていたけど、いざ言葉で聞かされると愕然《がくぜん》となる。

「飛行機のチケットどうしたの？」

「そんなの、ぜんぶわたしがキャンセルしたよ。飛行機もホテルも吹きガラス体験もお寿司屋さんのお座敷もさあ」

ぶつぶつグチるわたしを、優里が面白そうに見ている。

康輔にフラれた時はいつも、ぽっかり空いた予定を彼女に埋めてもらう。だから今日も、わたしが「焼肉行かない？」と急にメールした理由を、優里は最初からわかっていたはずだ。

わたしの恋人、井川康輔のオレ様主義は、わたしと優里の間ではもはやネタのようになっている。彼は最近めっきり減ってきた亭主関白（亭主じゃないけど）な人種で、その専横ぶりはなかなかのものだ。

たとえば一緒に食事に行っても、わたしがメニューを見せてもらえることはまずない。何をどのタイミングで頼むかは、全て彼が決める。わたしは、「美味《おい》しー。康輔ナイスチョイスじゃん」と、バカみたいにはしゃぐ係だ。

何年前だったか、わたしの誕生日の日、「ぱぁっとお祝いしよう」と言うのでうきうきついていくと、康輔の大学の部活の飲み会に連れて行かれて唖然《あぜん》としたことがある。最初の三十分こそ、見ず知らずの男たちに祝ってもらったけど、残りの三時間は康輔の先輩たちにお酌して過ごす羽目になった。でも、「ふざけんなよー」と初めは憤慨していたのに、だんだん「まあ、こんな誕生日もアリかなあ」と思ってしまうのが、わたしのダメなところだ。

「沙奈《さな》ちゃんはドMですからねー」と、いつも優里は言う。「そうなのー」と、いつもわたしは答える。実際、康輔の勝手な行動や言動に振り回されるのも楽しかったりする。

でも、今日の旅行ブッチの件は、正直ショックだった。

今回の旅行に、わたしはある予感を抱いていたからだ。――プロポーズ。

二泊三日の旅行の中日である明日は、わたしたちが交際をスタートした日にあたる。しかも行き先の北海道は、大学時代、付き合い始めて最初の旅行で行った場所だ。今回「北海道に行く」と決めたのも、どこのホテルに泊まるかを決めたのも康輔だった（キャンセルはわたしにさせたけど……）。普段あまり二人の記念日や思い出の場所に頓着しない人なので、余計に特別さを感じてしまう。

さらに康輔は、半年後の人事異動で地方に飛ぶことがほぼ決まっている。「たぶん東京から出される前に、プロポーズしてくるよ」と、これは共通の友人の予測だ。最近続けざまに同僚の結婚式に呼ばれた康輔は、「うらやましい」とわたしのいない所で発言しているらしい。

こうして列挙してみると、どれもこれもいまいち貧弱な根拠に思えるけど、もう付き合って六年も経つことだし、少しくらい期待したっていいはずなのだ。

今日は朝一番で美容院に行って来た。人生で一度きりの瞬間は、ベストな状態で迎えたかったから。正直に言うと、わたしは昨日の夜からかなりわくわくしていた。どんな風に返事しようだとか、女友達に何て報告しようだとか、能天気なシミュレーションを延々と繰り返していたのだ。なのに……。

だから今日は、わたしもずいぶん食い下がってみた。最終の便でもいいから、明日でもいいから行こう、と。けれど、「明日の何時までかかるかわからん」と一蹴されてしまった。

あのさあ、わたしだって頑張って三連休とったんだからねと、せめてもの反攻に転じようとすると、いつもの一言を浴びせられた。——しゃあないやろ。

「出たー。しゃあない」

「それ言われたらさ、何かもう言い返す気力なくなるしさ」

関西出身の康輔の口癖だった。わたしはいつも、最後のこの一言で押し切られてしまう。

「沙奈ちゃん、牙折《きば》られてんねー」

「わたしが噛みついてもさあ、あっちが噛みつかれてるって思ってないんだよね」

プロポーズされるつもりだったことを優里に言おうか迷ったけど、言わないことにした。康輔のあのあっさり度合いを見ると、わたしの勘違いである可能性が高い。

「そんじゃビール追加しますか」

優里がはつらつと言うので、わたしはうだうだと考えるのをとりあえず止めて、ジョッキに残るほろ苦い液体を一気にあおった。

ひっきりなしに鳴る電子音が、無色透明の安らかな眠りを暴力的に切りさく。

ねえねえ、今日は休みなんですけど。ベッドの中から卓上の携帯電話に訴えてみても、一向に鳴り止んでくれないので、しぶしぶ起き上がった。二日酔いの頭が重い。眠気の残滓《ざんし》がまだそこら中を飛び回っている。

意を決してベッドから出た時、いつもの目覚まし用のアラーム音ではなくて、着信を知らせるメロディだということにやっと気づいた。着信メロディは、グループごとに設定しているのだけど、久しく聞き覚えのない曲だ。くるみ割り人形。くるみ割り人形？

ディスプレイを見ると、妹の加奈の名前が表示されている。それが家族専用の着信音だったことをようやく思い出したわたしは、おずおずと通話ボタンを押した。

「おー、久しぶり。寝てた？　え、今日休みだよね？　今、家？　外だった？」

音楽の続きのように、加奈の陽気な声が耳にとびこんでくる。どの質問から答えていいかわからず、「休みだけど」ととりあえず返した。

加奈と話すのは一年ぶりくらいだろうか。わたしの九歳下なので、今年高校三年生になったはずだ。加奈だけでなく、母の声ももう一年くらい聞いていない。そして父とは――もう、何年も話していない。

「なになにい。声暗いじゃん。彼氏とケンカした?」

「別に暗くないし。ケンカしてないし」女子高生に見抜かれるのがしゃくで、断固否定した。

「用事言いなよ」続きを促す。

ところが、その軽い口調と裏腹に、加奈が告げた事実はとんでもない内容だった。

「お父さんさー、ガンなんだってさ」


気が付いたら午後になっていた。加奈の電話で起こされてから、床に座り込んだきりで何もしていない。時間だけがさらさら流れていく。

「違うよ、あたしも昨日初めて聞かされたんだって。お姉ちゃんには黙ってろって言ってたけど、まあガンってことだし、いちおう言っといた方がいいかなと思って」

そう前置きしてから、加奈は父の病状について細かく話してくれた。彼女の話では、「治る可能性は十分あるんだって」ということだったけど、それでも衝撃は大きかった。父も病気が見つかったりする年齢になったんだと実感した。

わたしが静岡の実家に寄りつかなかった間にも、あちらではしっかりと歳月が流れていた。そんな当たり前のことに、今さら気付かされる。風邪一つ引かない、大酒飲みの頑丈な父親だったから、まだ当分ピンピンしているだろうと勝手に思っていた。だから別に、いつでも会って話すことは出来るだろうと……。

わたしが父との会話を避けるようになったのは、高校生の頃からだ。小さな頃は、なんだかんだと命令してくる父に素直に従っていたわたしも、十代半ばにはしっかり反抗期へ突入することになった。父もおいそれとは引かない性格だから、わたしたちは顔を合わせるたびにケンカしていた。折悪しくその時期は、父の興した地元飲食チェーンの経営が思わしくない時で、仕事に追われる父もイライラがたまっていたのかもしれない。

高校二年生の時、初めて恋人が出来た。謙虚で物静かだけど、話す内容や考え方が大人びている人だった。同い年でも素直に尊敬出来る相手で、わたしは彼のことが大好きだった。

そんな自慢の相手だったから、どうしても母に紹介したくて、父が留守にする日を探り、わたしは彼を家に呼んだ。父は仕事、加奈は遊びに行っており、三人で昼ご飯を食べることになった。母はすぐに彼を気に入り、「おかわりは？」「りんご食べる？」と世話を焼いてくれたけれど、少しずつ彼の緊張が解けて笑顔が見え始めた頃、父が突然帰って来てしまった。

「何だあ？　沙奈の男か」

第一声からして、下品な感じで嫌な感じだったのだ。「俺のいない時に、こそこそ上がりこんで、いい度胸だな」から始まった説教は、その後二時間にわたって続き、彼は十年ぐらい寿命が縮んだような顔で帰っていった。

翌日から、彼と気まずくなってしまったことは言うまでもない。一ヶ月経たないうちにわたしたちは別れてしまった。わたしがどんなに父を恨んだか、容易に想像がつくと思う。

亀裂が決定的になったのは、大学進学の時だった。父の居る家で暮らすことにうんざりして、「東京に出たい」と主張するわたしに対し、父は、自分の母校でもある地元静岡の国立大学へ行くようにと言った。「お前の行く大学は俺が決める」と、勝手に願書も取り寄せた。その強引さが気に食わずにますます反発したわたしは、国公立の二次試験が行われる日、試験を受けに行くふりをして遊びに行った。行きたかった東京の私大からは、すでに合格通知をもらっていたので、気持ちは楽だった。

当然、試験には落ちた。が、これで納得するだろうと思いきや、「一年浪人させてやる」と父が言いだし、わたしは焦ることになる。さらに間が悪く、試験をすっぽかしていたことが父にばれてしまい、特大の雷を落とされた。受けるだけ受けておけば良かったかもと、少し後悔したけれど、当時のわたしは、父の言いなりという選択肢が嫌で仕方なかった。

「お父さんの生き方押しつけないでよ！　もうわたしを解放してよ！」

ドラマか何かで聞いたようなことをわたしが言い返すと、父はぽかんとした顔でわたしを見つめ、そのまま何も言わなくなった。安っぽい自分の台詞が上滑りしているのを感じ、ばつの悪さを覚えてわたしは部屋に引っ込んだ。

結局そのまま父と仲直りすることはなく、わたしは家出するように上京した。売り言葉に買い言葉ではないけれど、実家を発つ日の朝、父もベタなフレーズでわたしを見送ってくれた。

「東京でも、どこでも行っちまえ。二度と帰って来るな」

大学時代こそ何度か帰省したけれど、ほとんど会話はしていない。父の出張中を狙って帰ったこともある。それでもあまりに気まずいので、社会人になってからは一度も静岡に戻っていなかった。母や加奈にはたまに電話することがあるけれど、父とは連絡をとっていない。

でも、この事態ではさすがに帰るべきか。実家に駆けつけて、「大丈夫？」の一言でもかけてあげるべきか。いや、もしかすると、「沙奈には黙ってろ」と言ったそうだし、わたしに心配されるのが嫌なのかもしれない。昔から見栄っ張りで強がる人なのだ。

うんうん悩んでいると、携帯電話が鳴った。今度は康輔からだった。

「仕事早く終わったから、飯でも食わへん」

旅行ドタキャンを彼なりに反省しているのか、珍しくフォローの電話らしい。わたしの生返事に気付いて、「怒ってんのか？」と聞いてくる。康輔には、父との確執についてそれとなく話したことがあるので、今どういう状況に置かれているのかを伝えた。

すると、予想だにしない提案が康輔の口から飛び出した。

「じゃあ、今から静岡行こか」

おかしい。こんなのは絶対におかしい。

ようやくそう思い至ったのは、静岡駅から実家方面へ向かうバスに乗る頃だ。康輔の言うまま新幹線に乗ったものの、落ち着いて考えてみると納得がいかない。

どうしてわたしが、父の様子を見に帰らなきゃいけないのか。

そもそもの発端は、あっちが「二度と帰って来るな」と言ったことなのだ。父の方が折れるべきなんじゃないか。沙奈、帰って来てくれないか、と頼めばいいのだ。

でも、たぶん父はこう思っている。いくらケンカ中でも、あいつは俺が心配で慌てて帰ってくるだろう、とかなんとか。……ムカつく。

康輔も、いったいどういうつもりなのか。お見舞いのついでに、わたしの家族に顔見せをしようってことか。

だいたい、さっきの電話はおかしい。旅行をつぶしたくせに、第一声が「ごめん」じゃなくて「飯でも食わへん」って。挙句の果てに、新幹線の中では「まあとにかく、旅行に行けて良かったな」と言い放ってたし。あのさ、わたしが行きたかったのは、静岡じゃなくて北海道なんですけど。ていうか、髪も切ったんですけど。気づけよ。バカ。鈍感ヤロウ。

無性に腹が立ってきて、バスから降りた途端に「やっぱ行かない」とわたしは言った。このまま父と康輔の思い通りに事が進んでいくのが、どうにも面白くなかった。

「何でや？」

不思議そうに康輔が聞き返してくる。バスに乗ってる時から不機嫌オーラを出していたというのに、この人には通じていなかったのか。ますます腹が立つ。

「なんかさー、気分乗らない」

「父親が病気やのに、乗るも乗らんもないやろ。普通、様子見に行かんか？」

「そうだけどさ、何でそのタイミングを康輔が決めるの？　わたしだって、実家に帰るには心の準備がいるんですけど」

口をとがらせるわたしに、子どもを諭すような口調で康輔が言った。

「あんなあ、俺ら結婚するんやから、挨拶に行かなしゃあないやろ」

……はああ？　……なんつったよ、今？

これでわたしは、完全にカチンときた。

「なに今の？　プロポーズなわけ？」

俺ら結婚するんやから？　プロポーズってそんなふうに、会議の決定事項みたいに告げるものなんですか？　わたしはその言葉を、もっときれいなアレンジにして、せめてホテルのレストランで夜景を見ながら聞きたかったのに。あんまりだ。

こんなにわたしが憤慨していても、康輔は泰然と構えてこっちを見ている。お前どないしたんや、とか言い出しかねない。

「挨拶したいんなら、勝手に行けば」

わたしはそう言い残して、実家とは反対方向にずんずん歩き始めた。康輔はもちろん、追いかけてこない。


陽が落ちて、時刻が七時を回っても康輔は連絡して来なかった。どこかのビジネスホテルに腰を落ち着けているのか、適当なお店に入って一杯やっているのか。ケロッとした性格なのだ。わたしが怒っていることなんて、もう忘れているのかもしれない。

やけっぱちでめちゃくちゃに歩いていたら、急に見知った道に出た。小学校の時の通学路だった。近道して中を通り抜けた公園や、学校帰りに時々立ち寄っていた文房具店を見つけて、強い郷愁にかられる。

この町が、まだ世界の全てだった頃。まだ父のことが大好きだった、あの頃。

この通りをずっと進んだ先にも、父のお店の一つがあった。大きくて強くて、大勢の社員やスタッフから慕われている父は、わたしの自慢だった。「沙奈は将来、俺の会社を継ぐんだよなあ」父はわたしを店に連れて行くたび、そう言っていた。テーブルに載りきらないほど、たくさんの料理を並べさせて。「うん。沙奈も、お父さんみたいにえらい社長になる」わたしの他愛ない所信表明を聞くと、満足げに笑っていた。

東京よりも、いくぶんやさしいような街の灯りを見ながら、もう戻らない日々に思いをはせた。素直に何でも言うことを聞いていた長女に反旗を翻されて、父も腹立たしかっただろう。でも、あの頃のわたしは、どうしても外の世界に出てみたかったのだ。しゃあないのだ。

ブルブルと携帯電話が震えていた。着信は加奈からだった。何だろう。家族にはまだ、今日帰ることは言ってない。まあ、帰る予定はなくなってしまったけど。

「もしもし。どうしたの?」

わたしが電話に出ると、加奈は朝の電話に引き続いてまたもや衝撃の事実を告げた。

「何かさー、お姉ちゃんの婚約者って人が一人で来たよ。ウケるんですけど」

え……。わたしは絶句した。あいつ、本当に一人で挨拶しに行ったのかよ。

どうやって実家の場所を知ったのか、康輔はうちにしっかり上がりこんでいた。加奈が無謀なことをしていなければ、十年ぶりにうちの敷居をまたいだ娘の恋人ということになる。

完全に康輔を見くびっていた。そうだよ、この人は自分のやりたいようにやる人だったよ。

でも、娘を同伴していない自称「婚約者」を家に上げるわたしの家族も、十分おかしい。

玄関まで加奈がやって来て、笑いをこらえながら「しーっ」と人差し指を口に当てる。何事かと居間へ入ると、戸惑った表情の母が出迎えてくれた。奥の和室の障子が閉じられている。どうやらそこで、父と康輔がすでに話しているらしい。

「真面目モードです」

加奈が小声で愉快そうに言う。母は加奈をたしなめつつも、やっぱり二人の話し声に聞き耳を立てている。父も康輔もやたら声が大きいので、話している内容は丸聞こえだ。

「あんたの言いたいことは、だいたいわかった」

よく響く低音。高圧的な物言い。父はまるで昔と変わっていなかった。

「でもな。あれでも、うちの大事な長女だから、簡単にはいどうぞとはいかんな」

おいおい、自分が追い出しといてよく言うよ。そう思うのだけど、あの父がわたしの結婚の話をしているのかと思うと、何か気恥ずかしかった。

「僕は自分勝手な人間なんです」

何を言い出そうとしているのか、康輔は父にびびることなく応じている。

「自分勝手な僕を、沙奈さんは受け入れてくれます。僕みたいな人間を、愛想も尽かさないで受け止めてくれる人は、沙奈さんしかいないんです」

うん。わかってるじゃないの、キミ。康輔がまともなことを言っていてホッとした。きちんとするべき時はきちんと出来る人なのだ。上司や先輩には好かれるタイプだ。

「僕には沙奈さんが必要なんです。僕が必ず守っていきます。沙奈さんと結婚させて下さい」

力強く、康輔が言い切る。さっきまで感じてた怒りが、すっと解けて消えた。そういうことはさー、わたしの前で言えって話だよ。心の中で毒づいたけど、嬉しかった。

ふとその時、康輔を好きになった理由が分かった気がした。

わたしは、やっぱりこういうタイプの人に惹かれてしまうんだ。自分勝手で、見栄っ張りで強情で、口は悪くてデリカシーがない、そして人の前では絶対弱みを見せたがらない人。けれど、愛する人をずっと守っていこうという、男の気概と優しさを持った人。

ああ、そうなのか。

わたしはやっぱり、お父さんに似た人を好きになったんだ――。

今なら、普通に父と話せる気がした。わたしと父の間に積もりに積もった澱《おり》を、康輔が引っかき回してくれた今なら。

和室の障子を開ける。瞬間、息をのんだ。

わたしの知っている大きくて強い父はそこにいなかった。代わりに、身体からすっかり肉が落ち、頭に白いものも交じり始めている、ひとまわり小さくなった父の姿があった。

「おお、沙奈」

わたしがいると知らなかった父の声は、心なしかうろたえていた。康輔も、わたしと父に交互に目をやってあたふたしている。

年をとった父を見て、自分がこの家に背を向けてきた時間の長さを思った。ずっと意地を張ってて、ごめんなさい。素直にそう言えそうな気がした。

「昌子、酒」父が居間の母に向かって声をあげる。

「ちょっと、病気なんでしょ。お酒はやめといてよ」

わたしの意に反して、何年ぶりかに父にかけた言葉はそれだった。しかも、「うるせえ。婿が挨拶に来ためでたい日に、つまんねえこと言うな」と怒鳴られた。

「昌子、俺にはいつもの持って来い」

「いつも飲んでるの？　本当に死んじゃうよ」

「好きなもん飲んで、何が悪い」

ケンカになりそうだったので、わたしが引きさがる。ガンになってまで酒が飲みたいかと半ば呆れた。飲ませ続ける母も母だと思ったけれど、母は父に逆らったことが（わたしの知っている限り）一度もないような人なのだ。

わたしたちには、とって置きだったらしい日本酒を飲ませ、父は自分専用の大徳利に入った酒を、お湯で割ってちびちびやっていた。たぶん焼酎だろう。お湯割りのグラスの底には、昔と同じように大きな梅干しを沈めていた。

「婿になる男が挨拶に来たら、こうして一緒に酒を飲もうと思ってた」

そう言う父は嬉しそうだった。よく笑い、よく喋り、大いに飲んで食べた。これが病人なのかと思ったくらいだ。康輔が先につぶれてしまい、続いて父も、和室に敷かせた布団にごろんと転がった。二人の悦に入った寝顔は、奇跡のように同じだった。


「ねえ。ガンって、どうなの？　お酒大丈夫なの？」

父が寝たのを見計らって、台所で片づけをしている母にそっと聞いた。母は黙って父の徳利から酒を注ぎ、お湯で割って、わたしに「飲んでごらん」と言った。

口内にまずレモンの風味が広がり、その次に何とも言えない辛味がきた。しょうがだった。

「お父さんもう、お酒一滴も飲んでないのよ。代わりにそのしょうが湯、毎晩飲んでるの。病気に良いみたいでね。お医者さんも言ってたから」

芝居だったのか。しっかりだまされた。

父らしい、とわたしは思う。そこまでして「婿になる男」と酌み交わしたかった父は、やっぱり昔と変わらず見栄っ張りで、弱さを見せたくない人なんだと思った。

「沙奈がいつ帰って来ても、どやしつけてやれるように、まだまだくたばらんぞって」

涙もろい母は、いつの間にか泣き声になっている。

――当たり前だよ。まだまだ、生きててもらわなきゃ困る。お母さんと加奈とわたしを置いて、勝手にいなくなるなんて、絶対許さない。

静かに障子が開いて、父が出てきた。母をちらっと見て、「便所行ってくる」と言い残して部屋を出て行こうとする。

お父さん。そう呼びかけようとしたけれど、声にならなかった。

「ああ、沙奈」父が振り向いた。その表情は、誇り高く、傲岸《ごうがん》にさえ見える、家長のそれに戻っていた。

「おかえり」そう一言だけ言って、部屋を出て行く。

久方ぶりに聞いた父のその言葉に、わたしの目から涙があふれた。少し小さくなった父の背中が、視界の中でにじんだ。

「しっかし、ホントにもったいないよなぁ」

間の抜けた調子で言いながら、高校時代からの友達の太一がジョッキを飲み干した。

「すいませーん、生もう一つ。あ、お前は？」

「俺も」

地元にある小さな居酒屋の隅の座敷で、須藤拓海とその友人、西村太一はつまみを食べ散らかしながら、生ビールのおかわりを注文した。

「お前、ちょいちょいテレビに出てたもんなぁ。ほら、連ドラのさ、主人公の幼馴染役とか、ヒロインに片想いしてるバイト仲間役とか。あと、殺人事件の第一発見者役とかもあったよな。今、二十六だろ。高校出てから、かれこれ八年も東京で頑張ってきてさ、それを全部捨てちまって酒屋を継ぐなんて……ホントにそれで良かったのかよ」

拓海はジョッキに残ったビールを飲み干し、手持ち無沙汰にテーブルの上のピーナッツの殻を割りながら俯いた。

「仕方ねぇよ。お袋にあんなふうに泣きつかれたらさ。……俺だって続けたかったよ。この間も、オーディションは落ちたけど、演出家の大門治の目に留まって、ワークショップに誘われてたんだ。お前、大門治って知ってるだろ？」

「シェークスピアの舞台とかよくやってる有名な演出家だろ？　怒ると灰皿を投げつけるって噂の」

「それは大袈裟だけど、でも演技には妥協しない厳しい人だよ。あの人のワークショップから、無名でいきなり主役クラスに抜擢された新人が何人もいるんだ」

「もったいないよなぁ」

再び太一は溜め息交じりに言って、枝豆を口に放り込みながら拓海を見た。

「で、親父さんの具合はどうよ？」

「それがさ、思ったより動けてんだよ。お袋の話じゃ坐骨神経痛がひどくなって身動きが取れないから店を続けられないって話だったのに。あの程度なら配達のバイトで十分、間に合ったんじゃないかって……何か騙された気分だよ」

「お袋さんも心細くて不安だったんだろ？　なあ、親父さんの調子が大丈夫そうなら、今からまた役者の道、戻れないの？」

「バーカ。そんな簡単な世界じゃねぇよ」

店員が運んできた生ビールのおかわりを受け取ると、拓海はそれを一気に飲み干した。

須藤拓海の家は祖父の代から地元で小さな酒屋を営んでいる。決して歴史のある家業ではなかったから、高校を卒業する時「絶対に継げ」とは言われなかった。

けれど「東京に出て、役者になりたい」と言った時には、父親の栄太は激しく反対した。

「そんな、モノになるかどうかもわからない夢物語なんか追っかけてないで、地に足のついた安定した仕事先を見つけろ」と。

まあ、ようするに公務員かサラリーマンになることを望まれていたわけである。

拓海はその時、あるオーディションに懸けた。貯めてたバイト代で冬休みに東京に出て受けたオーディションだ。人気俳優が天才外科医役で出る映画で、その医師が向き合う重要な患者の役だった。それに受かったら、父親に何を言われても、家出してでも、絶対に役者になろう、そう決意していた。そして、卒業の一ヶ月前に出た結果は落選だった。が、患者Aという端役をもらい、中堅のプロダクションの社長の目に留まってスカウトされた。

拓海は「ものすごいチャンスなんだ」と両親を説得し、最後は母、雅子の助け舟もあって、渋々、父、栄太からの許しをもらうことができた。

前途は洋々としているはずだった。映画で注目され、事務所はどんどん仕事を取って来て、すぐにでもメジャーになれるつもりでいた。ところが世の中はそんなに甘くなかった。映画は前評判の割に興行成績は散々で、患者Aが世間から注目されることはなく、与えられる仕事はエキストラに毛の生えたような仕事ばかりだった。オーディションとバイト先を往復する生活は約八年間続いた。それでも、ただ無駄に八年間を過ごしてきたわけではない。演技の勉強も怠らなかったし、人一倍の努力もした。どこでプロデューサーの目に留まるかわからないので、来た仕事は基本的に全て受けた。お昼の主婦向け番組の再現ドラマで痴漢役だってやってみせた。その努力が認められたのかは定かではないが、ここ数年で、ようやくゴールデンタイムのドラマで数行のセリフのある役にありつけていたのだ。それなのに……。

両岸の桜がすっかり葉桜になった川沿いの道を歩き、ほろ酔いで帰って来た拓海は店の前に立って、軒先に掲げられた『須藤酒店』の看板を見上げた。カーテンの閉められたガラスの扉の向こうにはまだ電気がついている。拓海は鍵を開けて店の正面入り口から中に入った。

「ただいま」

レジの横で電卓を叩いていた父、栄太がチラリと拓海を一瞥したが、そのまま無言で計算を続けた。

「何だよ。起きてて大丈夫なのかよ」

「お前が帳簿付けを放り出して飲み歩いてるから、代わりにやってるんじゃねぇか。明日の分の配達の仕分けは済んでるんだろうな」

「できてるよ。帳簿だって、帰って来てからやるつもりだったんだ」

「だったら、続きはお前がやれ」

栄太は銀縁の老眼鏡を外し、白髪まじりのこめかみを手で揉む仕草をすると「どっこいしょ」と立ち上がり、拓海に「ここまではやったから、この続きからをやれ」と指示を出して、奥の居間へと入って行った。

その一連の動作は、ゆっくりとしているが、とても重度の坐骨神経痛のようには見えない。

「まったく。どこが身動き取れないだよ。完全にお袋にハメられたな」

拓海は溜め息をつくと帳簿の一行に定規を当てて、電卓を叩き始めた。


翌朝、レジの横の机で配達先別に仕分けた伝票の束を確認して、拓海はチラリと母、雅子を見た。雅子は鼻歌まじりにハタキで陳列棚に並べられた一升瓶の埃を払っていた。

「俺、これから配達に行って来るけど……親父は？」

「駅前の整形外科に行ってる。帰りは町内の囲碁クラブに顔を出すって言ってたから、夕方になるんじゃないかしら」

「お袋、ハメただろ？　親父、ピンピンしてんじゃねぇか。別に俺が戻らなくても……配達のバイトだけ雇えば良かったんじゃないの？」

「ハメたなんて人聞きの悪いこと言わないでよ。お父さん、一時は布団から起き上がれなくて本当に大変だったんだから。バイトの人なんて、ずっといてくれるわけじゃないし、お母さん、心細かったのよ」

眉尻を八の字に下げて哀願するような表情を浮かべる雅子を見て、拓海は溜め息をついた。

「とにかく、配達に行ってくる。店番してて。新しく配達の注文入ったら携帯に電話してよ」

「うん。いってらっしゃい」

笑顔で手を振る雅子を背に、拓海は店の前に止めていた白い軽トラックの運転席に乗り込んだ。配達といっても小口のお客さんがメインで、地元の居酒屋やスナック、カラオケボックス、それと採算は度外視で、昔から付き合いのあるご高齢のお客さんの自宅に瓶ビールを数本とか、日本酒の一升瓶を一本、二本という具合に配って回る。

どこに行っても「テレビ、見てたわよ」と声をかけられ、拓海は気恥ずかしく、挨拶も早々に次の配達先へと移動して回ったが、最後に回ったスナックでトドメを刺された。

実家に帰ってからは初めて配達で訪れる昔なじみの近所のスナックだった。店先に初老ながらも化粧の濃い節子ママが現れて大仰な声を上げた。

「あらあらあら、拓海ちゃん、こっちに帰ってるって聞いてはいたけど……まぁ、立派になって。そうそう、テレビ、いつも見てたわよ。ほら、殺人事件の第一発見者とか、お昼の番組の再現ドラマとか」

おかしい。何でみんな揃いも揃って、自分の出演番組を網羅してるんだ。拓海は堪らずに尋ねた。

「あの……っ、それは偶然に、ですか?」

「やだ! あんたのお母さんよ。拓海ちゃんがテレビに出る時は近所中に宣伝しに来るの。だから、こっちも見逃しちゃいけないと思ってビデオまで撮ってたんだからっ」

節子ママは甲高い声でケタケタと笑った。

顔から火が出そうだった。まともな役だけならまだしも、息子の痴漢役の再現ドラマまで母、雅子がこの小さな町で意気揚々と宣伝して回る姿を想像して死にたくなった。

拓海は背後に通行人の視線を感じて、逃げるように勘定を済ませるとその場を離れた。

軽トラックのハンドルを握りながら、拓海の胸にふつふつと母への怒りの感情が湧き上がってきた。が、拓海だってバカではない。滑稽に見えてもそれは全て自分のことを思っての親心なのだろう。悪気があったわけではない。そんなのはわかっている。だからこそ、やり場のない怒りをどうしていいかわからず、持て余して途方に暮れた。

店に帰ると、レジの横で店番をしていた雅子が「おかえり」と笑顔を向けた。

拓海はわざと無視して乱暴に伝票の束を机に放り投げた。

「?」という表情で拓海を見上げる母と目は合わせなかった。

堪《た》えろ。怒るな。悪気はないんだ。大人になれ。そう呪文のように自分に言い聞かせた。

居間へと続くガラス戸越しに、栄太が横になってテレビを見ている姿が見える。

息子に配達を任せきりで、自分は病院の後に趣味の囲碁サークルに出て、ごろ寝でテレビかよ、いい身分だな。そんな醜い感情が抑えても抑えても湧き上がって来る。

その時、背後に客が入ってくる気配を感じて、拓海は気を取り直し、笑顔で「いらっしゃいませ」と振り返った。そして客の顔を見た瞬間、すうっと拓海の顔から笑みが消えた。

「よう。久しぶり」

そう言って笑顔で手を上げたのは、高校の同級生の山本浩介だった。友達と言えるほど親しく付き合っていたわけではないが、拓海が東京の芸能プロダクションにスカウトされたと聞いた途端、急に親しげに話しかけてきて、根掘り葉掘り経緯を訊き出し、羨望の眼差しを向けてきたクラスメイトの一人だ。

今、最もこの町で顔を合わせたくない知人の一人でもある。

「まあ、もしかして山本くん？　高校の時のクラスにいた……」

雅子がパァッと明るい表情で親しげに話しかけた。

「こんにちは。お久しぶりです。いや、須藤がこの町に帰って来てるって聞いて、顔を出さなきゃって思ってたんですよ。須藤、元気にしてたか」

「おお……ぼちぼちな」

「日本酒で何かオススメってある？」

「吟醸酒の樽生酒の量り売りがあるけど……」

「じゃあ、それ一升瓶で」

拓海は手早く空《から》の一升瓶を棚から出すと樽に付いた蛇口を捻って日本酒を注ぎ込んだ。

一刻も早く商品を渡して金を受け取って帰ってもらいたかった。

「ああ、見てたぞテレビ。すごいな、セリフのある役もやってたじゃん」

「まあ、見ててくれたの？　そうなの、最近の役はみんなセリフのある役なのよ」

やめてくれ。頼むから。

「再現ドラマなんて、迫真の演技だったよな」

山本の表情に明らかに『ひやかし』の意図が見え隠れしていた。

「お陰様で、お昼の番組はほぼ毎日レギュラー状態だったのよね」

お袋、頼むよ。やめてくれ。

「お袋、ちょっと部屋に入ってて」

「そうだ、お母さん。僕、今こういう仕事をしていまして」

雅子は山本から名刺を受け取って「まぁ」と声を上げた。

「ケーブルテレビのディレクターさん？」

「小さな局なのでプロデューサーやったりディレクターやったり色々です。なぁ、お前、ずっとこっちにいるんだったら、商店街の食材を取り上げるリポーターやってみないか？」

「山本くん、お仕事のお話を持って来てくれたの？　ねぇ、ドラマのお仕事もあるかしら？」

「お袋っ」

山本が乾いた声で笑った。

「お母さん、ケーブルテレビはドラマは作らないんですよ。すみません」

「じゃあ、どこかこっちでドラマを作ってる会社は知らない？」

「お袋っ！　いいから、部屋に入ってろって！」

拓海は乱暴に雅子の肩を掴むと、ガラス戸を引いて突き飛ばすように居間へ押し込んだ。

そのやり取りで初めて騒がしさに栄太が顔を上げる。

拓海は勢いよくガラス戸を閉めて、一升瓶をビニール袋に詰めた。

「二千八百円」

「お前、何、怒ってんの？」

「怒ってねぇよ」

山本は財布から三千円を出した。拓海は手早くレジを打って、お釣りとレシートを手渡した。

「なぁ、そのうち高校のクラスのメンバーで飲もうぜ。あとリポーターの件も考えといてよ。お前、わりといいツラしてんだから、このまま埋もれたりしたら、もったいないじゃん」

拓海は返事をしなかった。いや、できなかった。営業スマイルを浮かべることすらできなかった。ただ無言で頭を下げたまま動かずにいた。

山本は諦めたように溜め息をつき「じゃあ、またな」と手を上げて店を出て行った。

瞬間、拓海の怒りは沸点に達した。力任せにガラス戸を開け放つと強い視線で雅子を睨んだ。

「いいかげんにしろよっ！」

雅子がキョトンと拓海を見上げる。その何も理解していない表情が更に拓海の怒りを増長させた。

「親父が動けなくなった。店がやっていけない。助けてって泣きついてきたくせに、俺の夢を握り潰したのはお袋なのに、あんな奴に頭まで下げて、こっちでテレビの仕事をしろってか？ふざけんなよっ。あのまま東京に残ってたら、まだチャンスはあったんだ。大門治のワークシヨップに声をかけられてたんだぞっ。それがどんなにすごいことか、俺がどんな気持ちで、こっちに帰って来たのか、何も知らないくせに……っ」

「いいかげんにするのは、お前だ」

栄太がのそっと起き上がって、拓海と雅子の間に割って入るように立ちはだかった。

「役者を続けたいなら、そのまま東京に残れば良かったじゃないか。母さんが泣きついたからって、お前にはおいて、石にかじりついてでも続けたいと思ったなら、俺たちのことは放って反論する権利があったはずだ。頭を下げて『辞めたくない』と訴えることだってできたはずだ。こっちに帰ると決めたのはお前の判断だろう。八つ当たりも甚だしい。男なら、少しは自分の判断に責任を持ったらどうだ」

「お父さん……」

雅子がオタオタと交互に拓海と栄太を見た。

拓海は怒りのあまり言葉がでなかった。誰のせいだと思ってるんだ。誰のために夢を諦めたと思ってるんだ。自分の判断？　ふざけんなよ。

「ちなみにお前を呼び戻したのは俺だ。母さんに呼び戻すように言ったのはこの俺だ。文句があるなら俺に言え。今夜の商店街の会合には俺が出る。俺が帰るまでに考えられるだけ文句を考えておけ。そして東京に戻るか、ここに残るかを決めておけ」

勝手だ。勝手過ぎる。

栄太が紺色のナイロンジャケットを掴んで出ていくと、拓海はその場にへたり込んだ。

「ごめんね、拓海。母さん、考えなしだった。本当にごめん」

「親父が呼び戻したって……どういうこと？　そんなこと電話で一言も言ってなかったじゃん」

「シグナル」

「え？」

「拓海がシグナルを出してるって、お父さんが言ったの」

「？」


その夜、十時を過ぎても栄太は帰らなかった。

テーブルの上で布巾をかけられた栄太の分の食事がどんどん冷めていく。

「お父さん、遅いわね。何かあったのかしら」

「会合の後に飲んでるんじゃないの」

「でも、それなら連絡くらい……もうっ」

雅子は受話器を持つと短縮番号一番を押した。十コール目で電話は繋がった。

「もしもし、お父さん？　……え、町内会長さん？　ええ、まぁ、座布団の下に？　携帯が？

一時間前に……ですか。いえ、それが、まだ帰ってなくて。はい。はい。すみません。お願いします。私どもも捜してみますので」

「何？　どうしたの？」

「お父さんの携帯に町内会長さんが出て……一時間前に帰ったそうなの。携帯が鳴ったから、お父さんが会所に携帯を忘れているのに、今、初めて気がついたって」

会所から家までは、どんなにゆっくり歩いても十五分はかからない距離だ。

雅子が不安そうな表情を浮かべる。

「もしかしたら……途中で坐骨神経痛が出たのかもしれない。今、残ってる町内会の方たちも捜して下さるって」

「わかった。俺も捜して来る。お袋は家にいて。親父が帰るかもしれないし、何か連絡が入るかもしれない」

「うん……わかったわ」

「行って来る」

店の名前の入った紺色のナイロンジャケットを掴むと拓海は外に飛び出した。

商店街を抜け、川沿いの道に出ると街灯はなくなり、辺りは真っ暗だった。拓海は持っていた懐中電灯で周囲を照らしながら栄太の姿を捜した。

そして、先程の母の言葉を思い出していた。

「シグナルって？」

「うん。お父さんが言うにはね、拓海はこう……テンパったり、行き詰まって苦しくなった時、目が泳ぐんだって。こう、地面の辺りに視線を落として目が左、右って動くんだって。小さい時から苦しいことがあっても『助けて』って言えない性格で、それは俺に似たんだって。その目の動きをね、最近のテレビでよく見るんだって言ったの。演技の最中なのに、カメラが他の俳優さんの方に行くと、後ろで拓海が油断してそういう目の動きをするんだって。母さん、鈍いから、お父さんに言われるまで気づかなかったの。それで、お父さんの坐骨神経痛がひどくなった時、あいつは、たぶん今、苦しんでいる。なのに誰にも『助けて』が言えないでいる。試しに帰って来いって言ってみてくれって私に……」

そんなこと……お袋どころか自分だって気づいたことがなかった。

そういえば、思春期になって親父と話すのが何となく気まずくなり、いわゆる反抗期を迎えるまで、俺は親父のことを超能力者ではないかと思っていた。困ったり、苦しいことがあると、何も言わないのに何故か親父が駆けつけて、風のように俺をピンチから救ってくれたんだ。

いつから？　いつから、自分はそんなシグナルを出すようになっていたのだろう。

拓海は頭をフル回転させて過去の記憶を掘り起こした。そうして記憶を手繰り寄せていくと思い当たることはいくつもあった。けれど、一番鮮明で、一番古い記憶は……。

そう、あれは確か幼稚園の頃だ。当時、女の子みたいな容姿だった俺は、いじめっこ数人に標的にされ、毎日のように泣くまでからかわれたり、ぶたれたりしていた時期があった。

そしてそのことを恥ずかしくて誰にも言えないでいた。

いつものように帰り道の神社の境内で、いじめっこに数人がかりで突き飛ばされていた時、気づいたら親父が後ろで腕を組んで仁王立ちしていた。

いじめっこが慌てて逃げようとしたら「逃げるなっ！」と怒鳴りつけ、叱ってくれるのかと思いきや「お前ら、男なら一人ずつ拓海に飛びかかれ。それでも強かったなら拓海の負けだ。仕方がない」と言った。俺は悲鳴を上げて逃げようとしたが、今度は俺に「逃げるなっ！」と怒鳴った。「このままじゃ、お前は一生弱虫だ。今のままでいいならこのまま逃げろ。そして一生後悔して生きろ。一生だぞ。いじめられたって文句は言うな。それが嫌なら戦え。どうせ負けるなら戦って堂々と負けろ。そしたらお前は弱虫じゃない。これからもっと強くなれる。いや、もしかしたら最初から勝てるかもしれないぞ」そう言って親父は笑った。

そんな親父の言葉に俺はまんまと騙され、いじめっこの一人一人とぶつかり、全力で負けた。最後は立っていられないくらいボロボロだった。親父は、いじめっこたちを咎めることなく、そのまま家に帰した。そして俺に言ったのだ。

「わかったか？　これが今のお前の実力だ。まずは自分の限界の力を知れ。とことんやって、とことん負けなきゃ、誰にもわからねぇんだよ。そうして自分の力を知れば作戦が立てられる。強くなるために努力するのか、それとも他の作戦を考えるのか、少なくとも何もしないで逃げる前より、もうその時点で強いんだ。負けを知ることは強いってことだ」

ああ、そんなことを親父に言われたんだ。

あの時のいじめっこの顔や名前なんて、もう全然思い出せないのに、あの時、親父に言われた言葉だけは鮮明に思い出せる。いや、どうして今まで忘れていたのだろう。

俺は……負けを認めたくなかったんだ。東京でメタメタに負けてる自分を認めたくなかった。地元のヤツに負けて逃げ帰ったと笑われるのが怖かった。必死で……必死で頑張っても、上にはもっと上手いヤツらがいくらでもいて。華がないとか、オーラがないとか、努力や根性だけでは乗り越えられない理由で負け続けることに、ほとほと疲れていた。逃げ出したかったんだ。もう何もかも放り出して逃げたかった。誰かに『理由』を用意してもらいたかった。逃げても笑われない、もっともらしい『理由』が欲しかったんだ。親父だけが、親父だけがそれに気づいてくれた。そんな俺のために理想的な『理由』を用意して待っていてくれたんだ。

そうして、神社の境内に辿り着いた頃、拓海は階段の下に蹲《うずくま》っている大きな影を見つけた。

そこには苦痛に顔を歪める栄太の姿があった。

「親父っ!?」

「ああ……拓海か。情けないな、こんな所で動けなくなっちまって。気づいたら携帯も持ってねぇんだよ」

「今、救急車を呼ぶから、待ってて」

「よせよせ、坐骨神経痛ぐらいで救急車なんてみっともない。家に帰れば痛み止めがある。それより、あれだ。タクシーを呼んでくれ。どうにもこうにも痛くて動けねぇんだ」

「こんな時間に、この町に流しのタクシーなんか走ってねぇよ。それより、こっちの方が早い」

拓海は屈んで背中を差し出した。そして、おんぶのリアクションをしてみせた。

「よせよ、恥ずかしい。タクシーがダメなら這ってでも……いててててっ」

「いいから、ほらっ。こんなに暗くちゃ誰からも見えねぇよ。それに……子供の頃、ここから親父におんぶしてもらったろ。その時の借りを、今、ノシをつけて返してやる」

栄太は躊躇しながらも、そろそろと拓海の背中に体を預けた。拓海は栄太の両方の太ももにしっかりと腕を回して持ち上げた。

あの日、いじめっこたちに全力で立ち向かい、全力で負けて、自力で立ち上がれないくらいボロボロになった時、親父はその背中に俺を乗せてゆさゆさと揺さぶった。

「いいか、拓海。負けることはカッコ悪いこととは違う。本当にカッコ悪いのは自分の弱さを認めないヤツだ。明日から俺とケンカの特訓をしよう。それで仕切り直して、それでも負けたら、また別の作戦を考えよう。延長戦なんて諦めなければいくらだってできるんだ」

あの時の親父の言葉が、背中の温かさが、規則正しい鼓動の音が、俺を安心させていつの間にか眠りの世界に誘《いざな》っていった。

そして、家に帰るとお袋は俺の大好物ばかりを用意して待っていた。あちこち傷だらけの俺の手当てをしながら、何があったかなんて一言も訊かず、ただ、おっとりニコニコと笑って、俺の好きなおかずをテーブルに並べてくれた。

そんなことを思い出しながら、俺はあることに思い至った。考えてみたら、実家に帰って来てから毎日というもの、お袋は俺の好きなおかずばかりを作ってテーブルに並べてくれていたではないか。参ったな。あの日から俺は何にも成長していない。親父は俺のピンチを超能力者のように察知し、お袋は何も訊かず、ただニコニコと笑ってて、テーブルには好きなおかずが並び、あの時の温もりは今、俺の背中の上にある。親父の規則正しい鼓動が背中越しに伝わって、俺は何だかものすごく安心している。

ああ、俺もいつか、大切な人のシグナルに気づける人間になりたい。大切な人のピンチを絶妙のタイミングで察知して、手を差し伸べられるような、そんな大きな人間になりたい。

拓海は、背中におぶわれてからずっと無言でいる栄太の方をチラリと見た。

「親父。俺、東京で負けたんだ。で、逃げ出したかった。でも百%じゃない。九十九%の負けなんだ。とことん負けるためには、あと一%しなきゃならないことが残ってる。俺、大門治のワークショップに参加してくるよ。それで負けたら……また別の作戦を考える。とりあえず、もう一つの目標は、俺と同じ性格の、親父のシグナルを見破ることなんだけど……」

栄太は拓海の背中でスヤスヤと寝息を立てた。

それがタヌキ寝入りなのかどうかは、今日のところは追求しないでおいてやろう。

親父からの借りは数え切れないけれど、とりあえず今夜、あの日の『おんぶ』の借りを返せたことに拓海は満足することにした。

太陽Ⅱ

中学校の正門からつづくなだらかなスロープは桜並木になっている。ひと月前、まあたらしい制服に身をつつんだ新入生達の顔をなでるように舞っていた薄桃色の花びらは姿を消し、今は緑葉を風にゆらしていた。

三階の窓におでこをくっつけるようにしてスロープを見下ろしていた奥園笑万《おくぞのえま》の眉がピクリと上がる。正門をくぐる母あやめの姿を見つけたのだ。

肩胛骨《けんこうこつ》まで伸びたソバージュを右に左にゆらしながら坂をのぼってくる。曇り空なのに大きなサングラスをかけ、あちこち糸のほつれた帆布製のリュックを背負い、鋲《びょう》がたくさん打ってあるダメージジーンズを穿いていた。こんなロックスターもどきの格好で子どもの三者面談に来る親って珍しいと思う。あやめ曰く「人生、やりたいことをやらなきゃ嘘」だそうだ。

ひときわ強い風が吹くと、あやめは足を止めて顔をあげた。三階から見下ろしている笑万と正面から向かい合う形となる。が、あやめの表情に変化はなかった。笑万は無意識に詰めていた息をゆっくり吐き出す。

あやめは知らない。五月の雲がどんな形をしているかも、桜の木にどんな花が咲き、どんなふうに散っていくかも、そして、自分の娘が今どんな顔で母親を見下ろしているのかも。

あやめは何事もなかったように再び歩き出す。その手には白い杖がしっかり握られていた。


三者面談は紛糾した。笑万が開口一番「高校にはいかない」と宣言したからだ。

担任はあわてふためいたが、あやめと笑万を見比べ、ふと何か思い当たったように押し黙る。そして妙にやさしい笑顔を笑万に向けた。

「行きたい学校が見つからないなら……新能《しんのう》高校なんかどうかしら？　偏差値的にも十分狙えるし、あそこは去年から福祉関係の勉強を専攻できる学科も出来たのよ」

だから何？　なんでそうなるの？　笑万はあやめと並ぶことで自分がまた障害者の子どもという『型』にはめられたことを察してうつむく。わたしは福祉に興味を持って当然だって思ってるんだ？　お母さんを助けて当然だって？

「……ふざけんな」

笑万の低いつぶやきは担任には聞こえなかったようだが、隣のあやめはハッと身を固くした。

「もうちょっと親子で話してみます」

結局あやめが担任をとりなす形で三者面談は終わり、笑万はあやめと二人で廊下に出た。先ほどスロープを見下ろしていた窓から、今度は空を見上げる。雲がいちだんと厚く、ねずみ色が濃くなったように見える。ひと雨くるかもしれない。

スロープを二人で下っていく。笑万はあやめの五歩ななめ後ろを歩いた。そっぽを向いておけば他人のふりが出来る距離だ。いつの頃からか、あやめと二人で歩くときはいつもこの距離を保つようになった。あやめももう慣れているらしく、前を見たまま話し出す。

「笑万。高校の話だけど……もし、家のお金を心配してくれているんだったらだいじょうぶよ。高校へいきなさい。東嬰学園《とうえいがくえん》のブラスバンド部に入りたいって、いつか言ってたよね」

笑万の心臓がキュッとちぢんだ。小学生の頃、あやめといっしょにいった地元商店街のイベントで、ステージから転がり落ちそうになりながら『シング・シング・シング』を演奏する東嬰学園のビッグバンドに憧れ、中学でブラスバンド部に入ったのだ。

「それは子どもの頃の話」

笑万はこぶしを握って嘘をついた。真っ赤な嘘。わたしの顔も赤くなっていることだろう。でも、いいんだ。どうせお母さんには見えない。

半年前、父親の研太がインストラクターとして勤めていたサーフィンスクールが倒産した。四十五を過ぎてとつぜん職を失った研太は以来懸命に再就職先を探しているが、まだ採用通知は届いていない。笑万やあやめには今までと変わらない軽口をたたいている研太だが、その肩は薄くなり、白髪とシワがおどろくほど増えた。そんな憔悴しきった父親を前にして、

「だいじょうぶよ。やりたい仕事が見つかるまで、ゆっくりじっくり探せばいいわ。私がしっかり稼いでくるから、だいじょうぶ」

なんて胸をたたいて陽気に笑えるのは、やはりあやめの目が見えていないせいだと思う。いくらあん摩マッサージ指圧師の国家資格を持ち、朝から晩まで忙しく立ち働いているからって、お父さんの顔が見られたらお母さんだってもうちょっと言葉を選ぶはずだ。

笑万は視線をつま先に落とした。わたしは言えない。「ブラスバンドをつづけたいから、高校それも私立の東嬰学園にいくお金を出してくれ」なんて、とても言えない。

「アブナイッ」

鋭い声が飛んだ。笑万があわてて顔を上げると、グラウンドからサッカーボールが放物線を描いてスロープに落ちてくるところだった。前を歩いていたあやめがくるりと笑万に向き直る。

「笑万？　何が『アブナイ』の？　だいじょうぶ？」

そう言って伸ばしかけたあやめの腕にボールが直撃した。鈍い音がしてあやめがぶざまによろめく。笑万は顔をそむけた。助けられる距離にいたのに、他人のふりをした。グラウンドからこちらを見ているサッカー部員の中に片思いの相手がいたからだ。彼にあやめが自分の母親だと知られたくない。とっさにそう思った。ロックスターのように派手な格好が恥ずかしいから、と自分に言い訳する。けれど胸をつく後悔が、その言い訳が嘘であることを告げていた。

ごめんね、お母さん。本当はわたし、自分のお母さんが目の見えない人だと彼に知られたくなかった。ううん、彼だけじゃない。誰にも知られたくないって思っている。

お母さんの隣を歩いているだけで、町の人達がみんな褒めてくれた。「えらいね」って。幼かったわたしはワケもわからず得意だった。すこし大きくなると、ふしぎに思った。「何がえらいんだろう?」って。

小学生になって、友達が母親と買い物している姿を見た時、その答えがわかった。

お母さん。わたしはお母さんに手を引かれた記憶がないよ。手はつないでも、いつだってわたしがお母さんを引っ張っていた。つまずきそうな小石をよけて、段差に気をつけて、人とぶつからないように……生まれた時から当たり前だったこれらの気配りは、普通のお母さんにはしなくていいことだったんだよね。

小さな子が盲導犬の役を担っているから、みんなは褒めてくれたんだ。「えらいね」って。そしてわたしは知った。みんなの「えらいね」って笑顔の裏側に「かわいそうね」って同情が含まれていることを。

わたしがお母さんの五歩ななめ後ろを歩くようになったのって、その頃からかもしれない。お母さんといるとわたしの世界まで勝手に囲われる、と迷惑に思った。

お母さんといると友達や好きな人と同じ土俵に立てない、と迷惑に思った。

ごめんね、お母さん。わたし、最低だ。

足元に転がったサッカーボールを手探りで拾い上げ、あやめは何が起こったかようやく把握したようだ。

「すいませーん」と声が飛ぶグラウンドへ向き直り、見事なフォームで蹴りかえす。そしてボールの当たった方の腕をブンブンまわしながら「へーき、へーき」と笑い飛ばした。

あやめはそのまま笑万を振り返ることなく、ゆっくり正門を出ていく。笑万は立ち止まって横目でこっそりグラウンドを確認する。サッカー部員はもう練習を再開していた。どうやら誰も笑万とあやめが親子だとは気づいてないようだ。笑万は安堵と自己嫌悪の入り交じった長いため息をついた。

笑万が正門をぐるぐると、三十メートルほど先の曲がり角であやめが立っていた。手のひらを上に向けて、クンクンと空気を嗅いでいる。笑万が近づくと、その顔に笑みが広がった。

「ああ、来た。来た。笑万の匂いだ」

あやめは嗅覚がすぐれていた。色も雰囲気も感情も匂いで感じとれると常々豪語している。

「帰らないの？」

「うん。お天気は崩れそうだけど、せっかくだから笑万といっしょに行きたいなと思って。おばあちゃんのお見舞い。来てくれる？」

笑万はうなる。あやめの母で、笑万の祖母にあたる西脇美喜《みき》が体調を崩して入院したのは今年の松の内が明けた頃だった。宣告された病名は肺ガンだった。二年前に同じ病気で祖父の芳《よし》文《ふみ》が亡くなっている。ショックを受けてたじろぐ研太と笑万に、あやめは「だいじょうぶよ」とケラケラ笑ってみせた。

「おじいちゃんと違って手遅れじゃないから。ちゃんと治療すれば、平気。平気」

親がガンになって「平気」と笑えるあやめの神経を疑った笑万も、実際に美喜が入院し地道な治療がつづくうちに、祖母の病がガンであることに慣れてしまった。あやめと研太がローテーションを組んで三日とあけずに見舞っているのを尻目に、最近は部活やテスト勉強を盾に週末のお見舞いを「パス」することが多くなっている。

「いいけど」と低い声で答え、笑万はそっぽを向いた。

地下鉄で五駅ほど移動する。薄暗い改札を抜けて長いエスカレーターで地上に出ると、笑万はホッと息を吐いた。ひどい暗所恐怖症なのだ。そうなった原因は祖母の美喜にある。笑万がまだ幼いうちは、初孫見たさと娘の手伝いを兼ねて美喜がよく家に遊びに来た。そのまま泊まっていくことも多かった。夜、笑万をベッドに入れると、美喜は待ちかねたように『お話』をはじめたものだ。美喜の『お話』は昔話でもおとぎ話でもなくて、自分の娘あやめの話だった。

美喜の辞書に「親バカ」という単語は存在しないらしい。あやめがどんな愛らしい子どもだったか、どんなすてきな娘に成長していったか、何度も何度も笑万に話してきかせたものだ。

特に全盲者のあやめがどれほどの努力をしてやりたいことを実現したか、のくだりは力がこもった。あやめの優秀さを褒めるあまり、あやめが生きる『見えない世界』をすこしオーバーに描写しすぎたことに、美喜はたぶん今でも気づいていないだろう。その結果、笑万が暗所に異様な恐怖を抱くようになったことも知らないはずだ。

昔からある市立病院はひんやりとして消毒剤の匂いが漂っていた。緑色のタイルの床が足音をやけに響かせる。車イスも楽に乗れる大きなエレベーターは昇降に時間がかかった。

エレベーターを三階で降り、あやめについて廊下を進む。教室のように並ぶ病室の一番奥のドアの前であやめは立ち止まると、音を立てずにドアを開けた。慣れた手つきだった。

「手前のベッド。どう？　寝てる？」

あやめにささやかれ、笑万はおそるおそる病室に足を踏み入れる。ベッドの脚が三セット並んで見えた。三人部屋らしい。どのベッドも天井からつるされた可動式のカーテンに覆われていて、寝ている人の様子はわからない。

「手前ね？」とあやめに確認してから、笑万はカーテンのはじをそっとめくって覗く。あ、と声が出そうになった。二ヶ月前に見舞いに来た時とはまるで別人の、美喜の顔がそこにあったからだ。髪が薄くなり、頬がげっそりこけ、額に大きな染みが出来ていた。美喜の病の大きさと根深さをあらためて思い知らされた気がする。

笑万はふとんの山が一定のリズムで上下していることを確認し、カーテンを閉めた。

「寝てた」

「そっか。じゃ、今のうちに買い出しを頼める？　一階の売店でティッシュと……」

あまりにも軽くて明るいあやめの反応に、笑万はもどかしさを覚えた。

お母さん。おばあちゃんの具合悪そうだよ？　わかってる？

ティッシュ、石けん、お茶のペットボトル、ミニパックの牛乳、ヨーグルト……あやめに頼まれた品を買い物カゴに入れた後、自分が食べたいアイスクリームも三人分放り込む。

その帰り、広い病院の中で迷ってしまった。行きは通らなかった中庭沿いの渡り廊下を通り、ついに雨が降り出したことを知る。中庭の芝をポッポッと遠慮がちに濡らしていた雨は、笑万が階段で三階まで上がっている間にはげしさを増していた。

せわしなく窓を打ちつける雨音を聞きながらようやく美喜の病室まで戻ってくると、嗚咽が聞こえてきておどろく。笑万がドアを開けっぱなしで出たことにあやめは気づかなかったようだ。五十センチほど開いたすきまからこっそり覗くと、眠る美喜の頰を撫でながら泣いているあやめが見えた。笑万があやめの泣き顔を見るのはこれが初めてだ。自分の父親が亡くなった時ですら——少なくとも笑万の前では——涙を見せなかった。

そのあやめが子どものように肩をしゃくりあげて泣いている。笑万は見てはいけないものを見た気がして、その場で息を詰めた。娘に見られていることに気づかないあやめは、美喜の頰から鼻筋、おでこ、輪郭、肩、腕、と全身を慈しむように触れていく。荒れた唇にそっと指を置いたとき、美喜の口が動き、しわがれた声がした。

「あや……め……？」

薄く開いた美喜の目は夢のつづきを見るようにさまよっていたが、あやめの涙に気づいたとたん視点が定まった。美喜はスジばった手であやめの手首をつかみ、自分の頬に触れさせる。

「あやめ。ここにいるよ。お母さん、ここにいるよ。笑ってるよ。ね？」

たしかに美喜は顔中シワだらけにして笑っていた。途中、何度か苦しそうにむせかえったが、それでもその顔から笑みが消えることはなかった。

「お母さんの匂い、好きだよ……やさしい匂い。強い匂い。大好き」

あやめが小さな声を震わせてつぶやく。ろうそくの細い炎を風から守るような手つきで、美喜の両頬をそっとおさえた。

「この世界からお母さんの匂いが消えちゃったら……わたしはどうすればいいの？」

笑万は気づかぬうちに前に出すぎていたらしい。あやめの背中に腕をまわし、あやすようにポンポンと叩いていた美喜とばっちり目が合ってしまう。笑万があわてて言い訳を口にしようとすると、美喜は微笑んだまま人さし指を唇にあてた。そしてあやめに顔を向ける。

「今日は一人で来たの？」

すると、あやめはバネ仕掛けのように背筋を伸ばした。あわてて涙をぬぐっている。

「そうだ。今日は笑万と来たんだった……。今、売店に買い物に行ってもらってるの」

ちょっと顔洗ってくるわ、と走り出るあやめにぶつからないよう、笑万は飛び退く。間一髪だったが、あやめは気づかなかった。激しい雨音と焦りで注意をそがれ、自慢の嗅覚がにぶっていたようだ。


美喜が寝たまま手招きする。笑万がベッドの脇に立つと、からかうように言った。

「笑万ちゃん、おどろいた顔してる」

「それは……」と笑万は口ごもりながらも素直に答えた。

「お母さんが泣くなんて、わたしの前じゃぜったいありえないから」

「おばあちゃんは、あなたのお母さんのお母さんだからね。子どもはいくつになっても、お母さんの前では泣く権利があるのよ」

美喜は誇らしげに笑い、咳き込んだ。笑万は美喜に横を向いてもらい、背中をさする。

「おばあちゃん……具合どう？」

「手術が成功すれば良くなるわ、きっと」

美喜は薄くなった背中をまるめて息をついた。「手術が失敗したら？」とはとても聞けない。咳のおさまった美喜はふたたび仰向けになると、笑万を見上げた。

「笑万ちゃんは、お母さんの前で泣かないそうだね」

しずかに問いかけられ、笑万は返事に困る。美喜はかまわずつづけた。

「お母さんは『私が頼りないからよ』って言うんだけど、そうなの？」

いきなり核心に切り込む質問だ。美喜の目は笑万をとらえて離さない。細く小さな体から何もかも見通すような眼力を発していた。我が子との関係に悩むあやめのために弱った体力をふりしぼっている。おばあちゃんはお母さんのお母さんなんだな、と笑万は改めて思う。すると、長いこと喉につっかえていた言葉が転がり出てきた。

「お母さんは……『やりたいことをやらなきゃ嘘』ってよく言うの。わたしに『やりたいことをやりなさい』って。『自分もそうしてきたから』って。でも、出来ないよ」

　鼻の奥が熱くて痛い。懸命にむすんだ唇が震える。ごめんね、お母さん。「ごめんね」っていつも思っているだけでごめんね。あやめの前で口に出来ない言葉の代わりに涙がこぼれた。

「わたしはいつだってお母さんのことを誇りに思いたい。お母さんが不便な思いをした時は助けてあげたい。でも、出来ないの」

　あたたかいものが指先に触れた。美喜が手を伸ばし、笑万の指を握ってきたのだ。

「笑万ちゃんは、やさしい子ね」

　美喜に笑いかけられ、笑万は強くかぶりを振る。

「どこがっ？　わたし、毎日思ってるんだよ。どうしてわたしは全盲者の子どもに生まれてきちゃったんだろうって……お母さんが友達のお母さん達みたいに普通ならこんな思いをしなくてすんだのにって……最低だよ」

美喜は微笑んだまま目をつぶり、「普通か」と独り言のようにつぶやく。そしてゆっくり目をひらくと、おごそかに言った。

「笑万ちゃんの名前、『万《よろず》』の『笑い』って書くでしょう？　お母さんが考えたのよ。我が子が健やかにたくさん笑って暮らせますようにと願ってつけたの。我が子の笑顔を消さないようにって親の決意表明でもあるわね」

笑万が「でも」と言いかけるのを目で制し、美喜はつづける。

「忘れないで。笑万ちゃん、あなたはあやめの子どもなの。親じゃない。親に必要以上のフォローも心配もいらないのよ。お母さん、笑万ちゃんが思っているよりずーっと強いと思うな。見くびらないであげてよ。お母さんを信じて、時には頼ってあげてちょうだい」

お願いします、と最後は美喜が笑万の手を握ったまま頭を下げた。目の見えない娘が文字通り手探りで歩いていく道を、本当はどこまでも見届けたいにちがいない。でも、それが出来ないから、美喜は笑万に頭を下げている。自分の匂いが消えた後の世界に、あやめが子どもに戻れる場所はもうないからこそ、娘の笑万にあやめを母として必要としてほしいと願っていた。

あやめとはまた違った感触の祖母の手を笑万は握り返す。

この手を握って、この手に守られて、お母さんは育ってきたんだな、とふと思う。

顔を洗ったついでに化粧まで直してきたあやめと美喜と三人でアイスクリームを食べて病室を出た。窓に当たる雨はますます強さを増していた。

「カミナリが鳴ってる」

あやめが笑万の五歩ななめ前を歩きながら独り言のようにつぶやく。

「五月の夕立。異常気象だ」

笑万もまた独り言のように口の中で転がす。笑万の足は依然としてあやめとの五歩分の距離をせばめられずにいた。


三階からエレベーターに乗り込むとすぐ、大きな音がした。あ、と思う間もなくゆっくり下降していたエレベーターが停止する。照明も落ち、エレベーターの中は暗闇に閉ざされた。

笑万の全身から汗が噴き出す。毛穴からありとあらゆる恐怖がしみこんでくるようだった。

「あらー、ひょっとして停電？　カミナリが近くに落ちたんだねー、きっと」

あやめののんきな言葉が、笑万の気に障る。

「信じられない。真っ暗だよ！　エレベーターの中、何も見えない！　復旧はいつ⁉」

情けないほど声が裏返ってしまった。震える腕を伸ばし、手探りで非常ボタンを探す。しかし、車イスも乗り込めるエレベーターの中は広かった。恐怖で方向感覚を失っていることもあり、笑万の手は虚しく宙を切ってばかりだ。あやめの怪訝そうな声がした。

「笑万、何を探してるの？」

「ボタン！　あの、緊急時に押すヤツだよ。お母さんは座っていて。危ないから！」

なおも右往左往してやみくもに手を振りまわしていると、ゴキッとにぶい音がした。

「痛いっ」

勢いあまってエレベーターの壁で突き指しそうになったのだ。

「笑万？」

「何でもない。いいから、お母さんは座ってて」

ふわっと手を握られ、笑万の言葉が途切れる。あやめの手だ、とすぐにわかった。

「だいじょうぶよ」と耳元で力強い声がする。「お母さんがついてるから、だいじょうぶ」

あやめに握られた手がジンジン熱を帯びてくる。突き指しかけた指が痛いのか、あやめの言葉が心にしみたのか、わからない。でも、わかったこともある。それは、
今までも、そしてこれからも、わたしがお母さんに守られているってこと。

『笑万？　だいじょうぶ？　何がアブナイの？』

中学校のスロープでのあやめの言葉と情景がよみがえる。あやめの腕にサッカーボールが当

たってしまったのは、とっさに笑万のほうへと手を伸ばしたからだ。自分の身よりもまず子どもの無事を確認してくれたのだ。真っ暗な世界で「アブナイ」と言われながら手を伸ばし足を進めることがどれだけの恐怖を伴うか、今の笑万にはよくわかっていた。

そうだ。わたしのお母さんは、子どもを愛し、守ってくれる普通のお母さんだ。やさしくて強い、普通のお母さんだ。

「お母さん……助けて」と笑万は小さな声で言った。

闇の中で空気がゆれる。あ、お母さんが笑った、と笑万にもわかった。

「まかせといて！　真っ暗には慣れてるの」

その言葉通りあやめは暗闇の中で迷うことなく、すぐさま非常ボタンを探し出してくれた。

三十分後、停電は復旧し、笑万とあやめは駆けつけたエレベーター会社の人によって救出された。病院の外に出ると雨は止み、ねずみ色だった雲が見事な茜色に変わっている。

「夕焼けだ」

笑万がつぶやくと、あやめは空を仰ぎ鼻をひくつかせた。そして笑顔になる。

「きれいな匂い」

そのままいつものように五歩前へ出ようとするあやめを、笑万が「お母さん」と呼び止めた。

「わたし……やっぱり東嬰学園にいってもいいかな？　やりたいんだ、ブラスバンド部」

笑万の自信なさげにまるまった背中を、あやめがポンポンと叩いてくれる。

「いいに決まってる！　人生、やりたいことをやらなきゃ嘘よ」

いつもの口癖を言って笑うあやめの顔が輝いて見えた。あやめが笑万に期待する『万の笑い』ってどんな笑いなんだろう？　そんな疑問が湧いてくる。笑万はあやめに尋ねた。

「ねえ。どうやったら、お母さんみたいに笑えるの？」

太陽みたいなその笑顔はどこから来るのかな？

「足りないものを数えたりせず、今あるものに感謝しながら歩く」

あやめは暗誦するかのようにすらすらと答えてくれた。いたずらっぽく笑って付け加える。

「おばあちゃんの受け売りだけど、やってみる価値はあると思うよ」

「そうだね」と笑万はうなずき、あやめの隣に並んだ。親から子へ、受け継がれていく想いと言葉がある。

どちらからともなくつないだ母娘《ははこ》の手を、夕焼けがまっすぐ照らしていた。

リンダブックス
99のなみだ・心　涙がこころを癒す短篇小説集
2011年5月4日　初版第1刷発行

- 編著　リンダブックス編集部
- 企画・編集　株式会社リンダパブリッシャーズ
東京都港区東麻布1-8-4 〒106-0044
ホームページ http://lindapublishers.com
- 発行者　新保勝則
- 発行所　株式会社泰文堂
東京都港区東麻布1-8-4 〒106-0044
電話 03-3568-7972
- 印刷・製本　株式会社廣済堂
- 用紙　日本紙通商株式会社

「99のなみだ」は、株式会社バンダイナムコゲームスより2008年に発売されたニンテンドーDS用ゲームソフトです。

定価はカバーに表示してあります。
万一、落丁・乱丁などの不良品がありましたら小社(リンダパブリッシャーズ)までお送りください。送料小社負担にてお取り替えいたします。

ISBN978-4-8030-0225-6 C0193